십자성-전왕의 검 4

허담 新무협 판타지 소설

초판 1쇄 찍은 날 § 2016년 1월 6일
초판 1쇄 펴낸 날 § 2016년 1월 13일

지은이 § 허담
펴낸이 § 서경석

편집책임 § 박가연
디자인 § 신현아

펴낸곳 § 도서출판 청어람
등록번호 § 제387-1999-000006호
등록일자 § 1999. 5. 31
어람번호 § 제2-2627호

주소 § 경기도 부천시 원미구 부일로 483번길 40 서경B/D 3F (우) 14640
전화 § 032-656-4452 팩스 § 032-656-4453
http://www.chungeoram.com
E-mail § chungeorambook@daum.net

ISBN 979-11-04-90589-6 04810
ISBN 979-11-04-90503-2 (세트)

4

천하삼패(天下三覇)

十字星

십자성

전왕의 검

허담 新무협 판타지 소설
FANTASTIC ORIENTAL HEROES

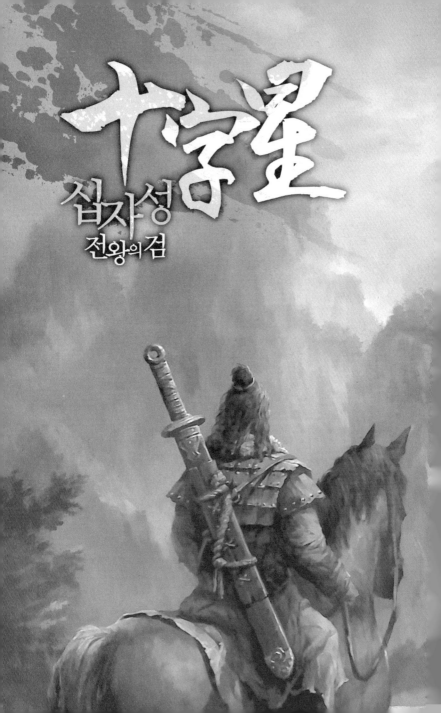

目次

제1장
일보(一步)

"하늘의 아들이자 땅의 왕이신 위대하신 지왕의 업(業)을 이어받은 염화마군께서 십자성의 성주에게 전하라는 말씀을 가지고 왔습니다."

지왕종문의 총관 만인뇌 하근이 고개를 까딱여 보인 후 도도하게 외쳤다. 마치 제후국을 방문한 황제의 칙사 같은 모습이다.

"말해보라."

적풍이 무심하게 말했다. 그 역시 하근을 한 사람의 심부름꾼 이상으로는 대할 생각이 없다는 모습이다.

그러자 하근의 표정이 살짝 변했다. 분노하지도 그렇다고 두려워하지도 않는 적풍의 반응이 곤혹스런 듯 보였다.

감정의 기복을 드러내지 않는 자를 상대하는 것은 하근과 같은 책사들에게 가장 어려운 일 중 하나다.

"염화마군께서 말씀하시길 절강 서쪽, 지혈문의 터전이었던 검벽에 지왕종문의 분타를 세우겠다고 하십니다. 그런 바 십자성은 지왕종문과 우호적인 관계를 맺으려면 금자 오만 냥과 사람을 보내 종문 분타의 건설을 도우라는 말씀이 계셨습니다."

말을 끝낸 하근이 세심하게 적풍을 살폈다.

이쯤 되면 아무리 무던한 사람이라도 노하지 않을 수 없는 상황이다. 그런데 하근의 말을 들은 적풍은 여전히 노하지 않는다.

"그랬군."

적풍이 가볍게 중얼거렸다. 조금 지루한 듯한 표정이기도 하다. 그러자 매서운 설전을 준비 중이던 하근이 오히려 맥이 빠졌다.

애초에 말싸움 따위는 할 생각이 없는 상대인 듯싶다는 생각도 들었다. 쟁이 없으면 만 가지 논리도 힘을 쓰지 못하는 법이다.

"받아들이시는 겁니까?"

하근이 물었다.

"생각해 보지."

"답을 들어 오라는 염화마군의 명이 있으셨습니다."

"음… 그래? 보자… 일은 시작했나?"

"……?"

"검벽에 분타를 세우는 것 말이야."

"본 문의 문도들이 기반을 다지고 있습니다만 지혈문의 잔재가 워낙 많이 남아 있어서……. 그래서 십자성의 도움이 필요한 것입니다."

"그래? 힘이 부족하단 말이군."

적풍이 지나가는 말투로 중얼거렸다. 그러자 하근이 한 줄기 미소를 지었다. 드디어 적풍이 감정을 드러냈다고 판단한 모양이었다.

"지금의 지왕종문은 그렇습니다. 파괴할 힘은 넘치는데 무엇인가를 세울 힘은 부족하지요. 그 일을… 마군께서는 십자성에 맡기시려는 모양입니다."

다시 말해 십자성이 나서서 지왕종문의 뒤치다꺼리를 하라는 뜻이다.

"어쨌거나 좋다. 그대는 검벽에 돌아가서 나의 답을 기다리라."

"이미 말씀드렸듯이 마군께서 답을 얻어 오라 하셨기에……."

"그리 늦지 않을 거야. 하루 아니면 이틀? 바로 뒤따라가지."

"성주께서 직접 말이십니까?"

"뭐, 나까지 갈 필요가 있겠는가? 일이야 내가 하는 것도 아니고."

적풍이 귀찮은 듯 손을 저으며 말했다.

"그 말씀은 마군님의 말씀을 따르겠다는……?"

"내 생각이야 그렇지만, 내가 비록 십자성의 성주이나 십자성은 수많은 가문이 모여 있는 곳이지. 그러니 어찌 이 일을 나 홀로 결정할 수 있겠는가? 그래서 내가 하루 이틀 시간을 달라고 한 것이야."

말인즉슨 자신은 마음을 정했으니 십자성의 수뇌들에게 형식적으로라도 동의를 구할 시간을 달라는 말이다.

이쯤 되면 하근 역시 더 이상 보채거나 혹은 적풍을 시험할 필요가 없는 일이다. 겉으로야 무심해 보여도 십자성주가 지왕종문에 대해 두려움을 가지고 있다는 것이 하근의 판단이었다.

어쩌면 애써 태연함을 유지하느라 고생깨나 하고 있을 거란 생각이 들자 내심 득의한 마음도 들었다. 그러나 마음속 생각을 애써 감추며 하근이 정중히 포권을 하며 말했다.

"성주님의 말씀 잘 알아들었습니다. 하면 전 검벽으로 돌아가 십자성의 형제들을 기다리겠습니다."

"그렇게 하라."

적풍이 짐짓 위엄 있는 말투로 말했다.

"그럼! 다시 뵙겠습니다. 갑시다."

하근이 큰 숙제를 끝낸 사람처럼 자신을 따라온 자들을 보며 말했다. 그런데 그때 적풍이 문득 하근을 불러 세웠다.

"잠깐."

"달리 하실 말씀이라도?"

막 신형을 돌리려던 하근이 고개를 돌려 적풍을 보며 물었다.

그러자 적풍이 하근은 제쳐 두고 그의 뒤쪽에 서 있던 자, 처음부터 적풍의 모든 신경을 곤두서게 만들었던 자에게 물었다.

"그대의 이름은 뭔가?"

적풍의 질문을 받은 자가 혼이 없는 것 같은 시선으로 적풍을 응시했다.

"이름이 뭐냐니까?"

적풍이 화가 난 듯 다시 물었다.

그러자 사내가 대답했다.

"굳이 아셔야 할 이름은 아니오."

순간 적풍이 태사의에서 사라졌다. 대신 검은 그림자가 대전을 흐르는 듯하다가 갑자기 강력한 빛이 일어나 사내의 가슴을 쳤다.

콰릉!

사내의 가슴에서 지축이 뒤흔들리는 굉음이 일어났다.

"욱!"

사내가 신음과 함께 사오 장 뒤로 밀려났다.

"컥!"

겨우 몸을 바로 세운 사내가 입에서 한 모금 피를 토해냈다.

"이름이 뭔가?"

갑작스런 사태에 당황한 사람들 귀에 다시 적풍의 목소리가 들렸다. 사람들이 시선을 돌렸을 때 적풍은 어느새 본래 그가 앉아 있던 태사의에 앉아 비틀거리는 사내를 바라보고 있었다.

그야말로 전율적인 무공이다. 그도 그럴 것이 적풍은 비록 겉모습은 태연했지만 이 한 수에 자신의 거의 모든 힘을 쏟아 부었던 것이다.

효과는 기대 이상으로 컸다. 하근을 비롯한 지왕종문의 무리는 물론 대전에 있던 십자성 고수들의 얼굴에도 적풍에 대한 놀람과 두려움이 떠올라 있었다.

"이게… 무슨 짓이오?"

중년 사내가 피 묻은 입을 닦고 적풍을 노려보며 말했다.

"내가 지왕종문의 제안을 받아들이려 하는 것은 힘이 없어서가 아냐. 귀찮아서지. 더불어 염화마군이 어떤 사람인지 알 수 없으니 나도 조심하자는 거야. 그래서… 일이 틀어진다 해도 상관없기도 하다. 감히 지왕종문이 북두회를 등 뒤에 두고 이곳으로 올 수 있다고는 생각지 않으니까. 뭐 온다 해도 버텨낼 자신도 있고. 그런데 내 선의를 너희가 곡해를 한 것 같아. 내가 지왕종문을 두려워한다고 말이지."

뚝뚝 끊어지는 적풍의 기세는 지금까지의 무료해하던 모습과는 확연히 달랐다.

무공을 앞세웠기 때문인지 몰라도 적풍에게서 흘러나오는 기도는 사자처럼 사나워 보였다. 당장에라도 달려 내려와 중년 사내의 목을 칠 것 같은 모습이기도 했다.

"오해십니다. 어찌 감히 그런 생각을 하겠습니까?"

하근이 얼른 대꾸했다. 잘못하다가는 오늘 이곳에서 살아 나갈 수 없을지도 모른다는 생각이 들었던 것이다.

"그래? 그런데 왜 내 물음에 답을 하지 않지? 다시 묻겠다. 이름이 뭔가? 선택은 그대의 몫이라는 걸 알고 있겠지?"

적풍이 도처럼 생긴 청룡검을 발끝에 걸치며 물었다.

그러자 질문은 받은 사내의 표정이 차갑게 굳어갔다. 텅 빈 것 같던 그의 눈에 서서히 눈동자가 생기더니 그 눈동자의 검은빛이 금세 눈 전체를 장악했다.

'역시 신혈족!'

짐작은 확신으로 변했다.

사내는 이골마족이 분명했다. 이골마족이 아니고서는 이런 안광을 가질 수 없다.

'그런데 또 조금 다르군.'

검은 안광 가려졌던 사내의 다른 기운들이 드러나자 적풍은 이자가 보통의 이골마족들과는 다르다는 것을 깨달았다.

'사람이 아니라 괴물을 보는 것 같아.'

본래 신혈족은 조금 특별한 존재들이기는 해도 결국 사람이었다. 그런데 눈앞의 사내는 외려 사람의 모습을 한 다른 존재처럼 보였다.

"궁막해!"

사내의 입이 결국 열렸다.

"궁막해라… 들어본 사람 있나?"

적풍이 좌우를 돌아보며 물었다. 그러나 누구도 그 이름을 아는 사람이 없다.

"어디 출신인가?"

적풍이 궁막해란 자에게 물었다. 그러자 지왕종문의 고수 궁막해가 나직하게 대답했다.

"애초부터에 마군님을 모시는 사람이었소."

궁막해의 말에 적풍이 고개를 끄떡였다.

"이해하지. 수하된 자로 주군의 출신을 함부로 발설할 수는 없을 테니까. 염화마군의 과거가 강호제일비이니 더 묻지 않겠다. 그만 가도 좋다."

적풍의 말에 하근이 뭔가 다른 말을 하려는데 궁막해가 그의 소매를 끈다.

"갑시다."

궁막해의 말에 하근이 아쉬운 표정을 지으며 적풍에게 고개를 숙여 보이고는 서둘러 대전을 벗어났다.

지왕종문의 인물들이 대전을 벗어나자 대전 양측 면에서 십자성의 사람들이 적풍을 중심으로 모여들었다.

그런데 그들 사이에서 지혈문주 두관웅이 앞으로 튀어나오며 적풍에게 따지듯 물었다.

"성주! 정녕 저들의 요구를 받아주실 생각이신 것이오?"

"무례하오!"

두관웅을 대전에 데려온 유령마군 사혼이 두관웅을 제지하며 눈을 부라렸다.

"지금 내가 예의 차리게 됐소? 십자성이 지왕종문을 도와 지혈문의 터전에 지왕종문의 분타를 짓겠다는데!"

화를 낼 사람은 자신이라는 듯 두관웅이 사혼을 노려보며 소리쳤다.

그러자 사혼도 일순 대답을 하지 못하고 자신도 모르게 적풍을 봤다. 그로서도 적풍이 설마 지왕종문의 요구를 이토록 순순히 받아들일 거라고는 생각지 못했던 것이다.

"성주… 어쩌실 생각이신지……?"

분명 다른 뜻이 있을 거란 생각에 사혼이 조심스레 물었다.

"내일 사람을 추려 검벽으로 갑시다."

"아니, 정말 그들의 요구를 들어주시려는 것이… 닙까?"

자신도 모르게 평시처럼 반말이 튀어나오려는 것을 애써 참으며 사혼이 물었다.

"그럴 수야 없지요."

적풍이 대답했다.

"그럼 왜……?"

"가서 검벽을 깨끗이 청소할 겁니다. 새로운 지혈문의 장원을 지으려면 아무래도 걸리적거리는 것들은 한 번에 쓸어내야지 않겠습니까?"

"아! 기습을!"

사혼이 무릎을 치며 소리쳤다.

"아주 쉬운 일이 될 겁니다. 저들이야 우리가 도와주러 오는 줄 알 것이고……. 이런 계책이 내 성미에 맞는 것은 아니지만 상대가 상대니만큼 쉬운 길로 가는 것도 좋겠지요. 아니 그렇소이까, 문주?"

적풍이 그제야 지혈문주 두관웅에게 시선을 주며 물었다. 그러자 노련한 두관웅이 금세 적풍의 말을 알아듣고는 그 자리에서 포권을 해 보이며 대답했다.

"성주의 호의에 감사드리오!"

두관웅의 말투에서 진심이 느껴진다.

"앞으로 함께할 일이 많을 것이오."

"물론 저 또한 기대가 큽니다!"

적풍의 말에 두관웅이 크게 고개를 끄떡이며 대답했다.

"이렇게 되면 지왕종문과는 돌이킬 수 없는 관계가 될 겁니다."

우마가 걱정스런 표정으로 말했다. 그의 생각에 적풍의 행보는 지나치게 과단하게 보였다.

"괜찮아. 그래야 천하삼패의 자격을 증명하지."

적풍이 아무렇지도 않게 대답했다.

"과연 그가 가만히 있을까요?"

"염화마군?"

"예."

"북두회는 어땠어? 남궁세가가 당한 이후 그들이 반격했나?"

"그야 지왕종문과 대치가 첨예하니……."

"염화마군도 마찬가지야. 설혹 온다고 해도… 뭐, 더 좋고."

"예?"

"그자를 베고 지왕종문을 손에 넣는 것도 나쁜 것은 아니니까."

"형님!"

우마가 놀란 표정으로 적풍을 돌아봤다.

"못할 것 같아?"

"그, 그것이⋯⋯."

우마가 쉽사리 대답을 하지 못했다. 아마도 석 달 전만 해도
우마는 적풍의 이런 호기를 보며 십자성의 앞날을 걱정했을 것
이다. 그러나 지금은 다르다. 어쩌면 적풍이 염화마군을 벨 수
도 있을 거란 생각이 들었다.

왜 적풍에 대한 믿음이 이렇게 커졌는지 그 이유는 우마 자
신도 알 수 없었다. 단지 그가 남궁세가를 무릎 꿇렸다는 그
이유만은 아니었다.

십자성을 무림이 두려워하는 절대의 세력으로 만들어가는
적풍의 모습을 보면서 우마는 적풍에게 자신이 알고 있는 것
이상의 능력이 있는 것은 아닐까 하는 생각을 하고 있었다.

지금까지 보여준 것 이상의 능력이라면 그땐 정말 염화마군
을 꺾을 수 있을지도 모르는 일이었다.

"아우, 우리가 어떤 피를 가지고 있는지 생각해."

적풍이 남들이 듣지 못하게 나직하게 말했다.

"신혈의 힘을 드러내지 말라 하신 건 형님입니다."

"그 힘을 쓰자는 것이 아냐."

"⋯⋯?"

"염화마군 정도는 베어줘야 우리가 신혈족이라는 것이 밝혀

저도 후환이 말이 없다는 거지. 솔직히 말할까? 비록 남궁세가를 공격해 양보를 얻어내기는 했지만 우린 지금 북두회와 싸울 수 없다."

"왜입니까?"

"아우와 내가 신혈족이니까. 이 사실이 언젠가는 세상에 알려질 거야. 영원한 비밀은 없다잖아? 그 사실이 알려졌을 때 우리가 지왕종문을 몰락시킨 이후라면 사람들은 신혈에 대해 큰 관심을 두지 않을 수도 있어. 왜냐하면 마인을 넘어 절대 악의 존재로 부상한 지왕종문을 강호에서 지워 버린 우리니까. 그런데 만약 우리가 몰락시킨 대상이 북두회, 아니, 정확히 정파의 문파들이라면 어찌 될까?"

"하루 만에 강호공적이 되겠지요."

우마가 대답했다.

"그래서 시작은 항상 지왕종문이어야 하는 거야. 우린 지왕종문을 상대하면서 성장해야 한다. 신혈의 피가 알려졌을 때도 누구도 감히 도전하지 못하는 존재로 성장할 때까지는 말이야."

"선택할 수 있는 일이 아니란 말씀이군요."

"살자면 해야 할 일인 거지."

적풍이 대답했다. 그러자 우마가 잠시 생각에 잠겼다가 물었다.

"그런데 형님!"

"응?"

"지왕종문의 그 염화마군 말입니다."

"그자가 왜?"

"신혈족이 아닐까요?"

갑작스런 질문에 적풍이 내심 당황했다. 염화마군이 신혈족과 동류의 존재라는 것은 이미 우서한에게 들어 알고 있었다.

단지 그는 신혈의 피를 지니고 있으면서도 보통의 신혈족과는 다른 존재라고 했던가.

"어쩌면……."

적풍이 애써 대답을 둘러댔다. 그와 우서한과의 관계를 아는 사람은 십자성에 존재하지 않았다.

사부 유령마군 사혼조차도 적풍이 의천노공 우서한을 만나고 왔다는 것만 알 뿐 그곳에서 어떤 일이 있었는지 정확히 알지 못했다.

처음 적풍이 돌아왔을 때는 사혼도 의천노공과의 일을 물었지만 적풍이 우서한의 존재를 입 밖에 내는 것조차 싫어했기에 그 이후에는 그 일을 거론하지 않고 있었다.

"그래도 싸울 겁니까?"

우마가 물었다.

"후후, 아우 순진하군."

"무슨 말씀입니까?"

"설마 그가 신혈의 피를 가졌으니 그와 협력하자는 생각을 갖고 있는 건가?"

"그것이……."

우마가 내심 그런 생각을 하고 있다가 비밀을 들킨 사람처럼 흠칫했다.

"아마 이건 가능할 거야. 그와 힘을 합쳐 한동안 세상을 쓸 어버리는 일 말이야. 천하는 공포에 떨고, 신혈족은 살아 있는 마귀들로 여겨지겠지. 하지만 그건 잠시뿐이야. 인간 세상에서 마귀는 결코 밝은 곳에서 살아갈 수 없네. 어둠 속에서 사람들의 눈을 피해 살아가야 할 뿐이지. 사람들의 저주를 들으면서 말이네."

"하지만 그건 지금도 마찬가지 아닙니까? 그럴 바에야 한 세상 광풍처럼 사는 것도 좋지요. 화풀이도 좀 하고……."

"영원히 밝은 곳에서 사는 방법이 없는 것이 아니니까."

"무슨 방법이 있습니까? 애초에 그들은 다른 눈으로 우릴 보고 있는데……."

"그 다른 눈에 악마나 마귀가 아니라 신으로 보이게 하면 되는 거지. 인간들은 신을 경배해. 강하고 선하다고 믿는 신(神)을 말이야. 그런 존재가 되면 되는 거야."

"신(神)이라고요?"

뜨악한 표정으로 우마가 물었다.

"그래. 진짜 신이 아니라 신적인 존재가 되는 거지. 감히 범접할 수 없으나 사악하지는 않은 존재. 외려 자신들을 지켜줄 수 있을 것 같은 존재 말이야."

"쉽지 않은 일입니다."

"그렇긴 하지. 그러나 기회가 좋잖아? 천하가 어지러우니…

이번 일이 끝나면 대문파에 기가 죽어 사는 중소 문파나 버림받은 자들에 대해 관심을 더 가져 보자고……. 사실 그런 자들은 여러모로 쓸모가 많아."

"무슨 말씀인지 알겠습니다."

우마가 고개를 끄떡였다.

"어려운 일이지만 가장 확실한 방법이지. 우리가 선한 놈이든 악한 놈이든 진실이야 상관있나? 세상이 보는 눈이 좋으면 그만이지."

"그렇지요. 하긴… 신혈족 중에도 동족을 팔아먹는 놈들이 있기도 하니까 사람은 다 거기서 거기지요."

"찾아는 보고 있지?"

"그렇기는 한데 도통……. 그 묵안노 마한이란 자 무섭더군요. 어느 선까지는 접근이 가능한데 그 이후에는 완전히 벽에 막힌 듯 알 수가 없어요. 북두회 칠가 중 사파나 마도의 인물들을 구워삶아 알아내는 것도 한계가 있더라구요."

"그런 인물이지. 따르는 자들도 무서운 자들이야."

"월문이라고 했나요?"

"음……."

적풍이 고개를 끄떡였다.

우마 역시 월문의 존재는 알고 있었다. 북두회를 실질적으로 움직이는 묵안노 혹야 마한이 월문이란 곳을 사문으로 둔 것은 공공연한 비밀이었다.

그러나 우마가 월문에 대해 알고 있는 것은 채 삼 할도 되지 않았다.

　우마도 적풍은 자신보다 그 월문에 대해 더 많은 것을 알고
있다는 것을 모르지 않았으나 적풍에게 직접적으로 월문에 대
해 묻지는 않았었다.

　하지만 오늘은 기어코 한마디 물었다.

　"그 월문이란 곳… 형님과 인연이 깊나요?"

　"그렇다고 할 수 있지."

　웬일인지 적풍이 순순히 대답해 줬다.

　"그럼 묵안노와 싸우는 일이 쉽지만은 않으시겠군요. 인연이
있다니……."

　"후후, 걱정 마. 악연이야."

　"예?"

　"그 월문의 인간들은 다 나와 악연이 있지. 그래서 마지막에
는 결국……."

　"아!"

　우마가 나직하게 탄식했다.

　우마는 자신이 오해하고 있었다는 것을 깨달았다. 사실 우
마는 보통의 신혈족 이상의 경지를 보이는 적풍의 힘이 월문과
관련이 있을 거라 생각하고 있었다. 그래서 며칠을 고민한 적
도 있었다.

　북두회의 묵안노 마한은 이골마족을 사냥한 자들의 우두머
리였다. 그가 월문의 사람이란 말을 들은 후 얼마나 불안했었
던가. 그러니 월문과 적풍 사이에 깊은 인연이 있어 적풍이 복

수를 만류하면 어쩌나 하는 생각을 하지 않을 수 없었다.

그런데 걱정과는 반대로 적풍과 월문 사이가 선연이 아니라 악연이라면, 그것도 최후에는 결국 승부를 봐야 하는 악연이라면 더 이상 걱정할 필요가 없었다.

이기든 지든 그건 중요치 않았다. 단지 적풍과 함께 그들과 싸울 수 있다는 것이 중요했다.

"어쨌거나 지금 당장은 그들에 대해 좀 더 많을 것을 알아내는 게 중요해. 싸움은 지왕종문을 상대로 해서 세상의 평판을 얻고 말이야. 월문과는 조용히 싸워가자고."

"알겠습니다, 형님!"

우마가 밝은 표정으로 대답했다.

검벽은 거대한 협곡 안에 위치한 분지였다.

그 안에 밭을 일굴 수 있을 만큼 너른 땅이 있기는 하지만 주위에 솟아오른 석산과 절벽으로 인해 하루 중 절반은 햇빛을 가려 농사짓기 수월한 곳이 아니었다.

그리고 애초에 그곳에 살던 자들도 농사나 짓고 있을 자들은 아니었다.

검벽에 대한 세간의 인식은 그곳이 지혈문의 땅이란 것이었다.

그런 검벽이 언제부터인가 다른 사람들의 땅이 되어가고 있었다. 그자들은 어둠처럼 검벽에 들어와 두려운 밤처럼 검벽에 머물렀다.

지혈문의 땅이었을 때에도 감히 일반인이 접근하기 어려웠던 땅이었는데, 그자들이 들어온 이후에는 더욱더 위험한 곳으로 변해 버린 느낌이었다.

　그 검벽을 위태로운 길 위에서 적풍 일행이 내려다보고 있었다. 그야말로 난공불락의 절지, 그 안에 성채를 세운 지혈문을 무너뜨렸다는 사실이 새삼 지왕종문의 힘을 느끼게 해준다.

　"얼마나 머무는가?"

　적풍이 물었다.

　그러자 이번 공격을 돕기 위해 나온 야문 십이선 중 이선인 괴도 종후가 대답했다.

　"어제 앞서 들어갔다 나온 형제들의 말에 의하면 종문의 고수는 모두 삼십, 그들이 부리는 노역자가 일백 정도라 합니다."

　"노역자들은 어떤 자들인가?"

　"어디서 데려온 자들인지는 정확치 않습니다. 그러나 금자를 주고 쓰는 것은 아닌 것이 분명합니다. 몰골이 말이 아니었다고 합니다."

　"위장한 것은 아니겠지?"

　"그건 아닌 듯합니다."

　"변수가 되면 안 돼. 싸움이 시작되면 아우는 그들을 주시하게."

　"알겠습니다, 형님!"

　우마가 대답했다.

　"좋아. 그럼 마차들을 앞으로 세워."

적풍의 말에 우마가 뒤를 보며 손짓했다. 그러자 갖가지 물건을 실은 마차 십여 대가 일행의 앞으로 나섰다. 누가 봐도 지왕종문이 요구한 물자들을 실은 마차였다.

더군다나 마차 주변에 도검을 든 자의 숫자가 겨우 이십여 명. 절대 지왕종문의 마인들이 의심할 행렬이 아니었다.

"모두 셋씩이니 삼십인가?"

적풍이 앞서가는 마차들을 보며 말했다. 기실 마차 안에는 십자성의 고수들이 몸을 숨기고 숨어 있었다.

"앞뒤 두 대에는 사람을 싣지 않았습니다."

"잘했어. 사람은 충분해. 난 말이야… 그자를 잡아야겠어."

"궁막해라는 자 말인가요?"

"그래. 그자를 잡으면… 그간 알 수 없었던 것들을 알 수 있을 것 같단 말이야."

"알 수 없던 것이요?"

"그래. 예를 들면 염화마군이 갑자기 어디서 튀어나온 자인지 하는 것 말야. 어느 늙은이가 십 년 뒤에나 말해주겠다고 했던……."

"어느 늙은이요?"

"있어. 그런 사람이! 아무튼 놈을 놓치면 안 돼."

"모두에게 일러두지요."

"이거 묘하게 흥분되는군."

적풍이 한 손으로 오른편에 차고 있던 청룡검의 손잡이를 쓸며 중얼거렸다.

"남궁세가를 칠 때보다 더요?"

우마가 물었다.

"그래. 이상하지? 비교하면 그때가 더 어려운 일이었는데……."

"그들 중에 신혈족이 있기 때문이겠지요. 서로 적으로 싸우는 것은 처음이니까."

"그렇군. 그래서 가슴이 뛰나 보군. 나쁘지 않아."

적풍이 희쭉 미소를 지어 보였다. 그는 진심으로 즐거워 보였다.

"멈춰라!"

검벽의 입구에서 검은 무복에 붉은 머리띠를 한 자들이 마차를 세웠다.

"십자성에서 오는 거요."

가장 앞선 마차 위에 앉아 있던 대발이 퉁명스레 대답했다. 불만이 가득한 얼굴이다.

그러자 마차를 세운 지왕종문의 무사가 희쭉 미소를 지었다.

"십자성은 약속을 잘 지키는군."

그의 말투에서 승자의 여유가 느껴진다. 아마도 지왕종문의 문도에게도 십자성의 성주가 지왕종문의 위세에 굴복해 염화마군의 뜻을 따르기로 했다는 소문이 퍼진 모양이었다.

"길이나 열어주시오."

"하하하, 알겠소. 들어가시오."

지왕종문의 무사가 의심 없이 수하들을 좌우로 물려 길을 열었다. 그러자 대발이 여전히 못마땅한 얼굴로 마차를 몰기 시작했다.

"가자, 이놈들아!"

대발이 괜히 말들에게 화풀이를 해대며 길을 재촉했다. 그 뒤를 따라 십여 대의 마차와 다시 십자성의 고수 이십여 명이 말을 탄 채 검벽으로 들어갔다.

하근과 궁막해는 줄지어 검벽 안쪽으로 들어오는 마차를 높은 망루 위에서 바라보고 있었다.

"정말 그가 약속대로 할 줄은 몰랐소이다."

하근이 조금은 의심스런 표정으로 말했다.

"그리고 감히 마군의 뜻을 거스를 용기는 없었을 거요."

궁막해가 대답했다.

"그런데 몸은 회복하셨소?"

하근이 걱정스런 표정으로 물었다. 십자성에서 적풍에게 당한 일격의 충격이 아직 얼굴에 남아 있는 궁막해다.

"걱정 마시오. 회복됐소."

궁막해가 대답하자 하근이 감탄했다.

"참으로 놀라운 일이오. 그 회복력은 보면 볼수록 사람을 감탄시키는구려."

"지왕의 은혜를 받은 사람들만의 특권이오."

궁막해가 냉막하게 대답했다.

"부러울 따름이오. 내게도 지왕님을 뵐 기회가 있었으면 좋았을 텐데."

"불가능한 일이오."

"도대체 지왕께선 어디에 계시오?"

하근이 물었다. 그러자 궁막해의 눈에 한순간 살기가 돌았다.

"그 궁금증이 죽음의 답이 되어 돌아갈 수 있다는 것을 잊었소?"

"음… 그렇구려. 내가 실수했구려. 못 들은 걸로 해주시오."

"다시 한 번 충고하리다. 절대 다른 사람 앞에서 지왕님을 입에 올리지 마시오. 그런 사실이 마군의 귀에 들어가면 아무리 그대라 해도 용서받지 못할 것이오."

"후우… 알겠소."

하근이 순순히 고개를 끄떡였다. 만인뇌 하근의 명성을 생각하면 놀라운 일이다.

그는 지왕종문의 총관으로서 종문의 이 인자로 알려져 있는 자임에도 궁막해를 두려워하는 듯한 모습이었다.

"때가 되면 주군께서 모든 것을 말해주실 거요. 그때까지는 잠시 우리의 내력에 대한 호기심을 묻어두시오. 난 총관과 함께 무림을 도모하고 싶소이다. 아주 오랫동안 말이오."

"알겠소이다. 충고 감사하오."

"그나저나 그에 대해서는 좀 알아보셨소?"

궁막해가 물었다.

"십자성주 말이오?"

"그렇소."

"모호한 자요. 최대한 알아본 것이 그가 지금은 십자성의 호법 자리에 있는 사혼의 제자인 적이 있었다는 것인데… 그게 정말인지는 의구심이 가오. 그동안 그자가 한 일들은 절대 사혼의 제자로서 할 수 있는 일이 아니어서……."

"음… 나도 그 생각에 동의하오. 그자의 무공은 정말……."

"어땠었소? 난 솔직히 무척 당황했었소. 설마 삼장께서 그에게 한 수 밀릴 줄은……."

하근의 말은 궁막해를 자극할 수도 있는 말이었으나 궁막해는 별반 동요를 보이지 않았다. 오히려 하근의 말에 고개를 끄떡였다.

"당황하기는 나도 마찬가지였소. 아무리 기습적인 공격이었다고 해도 그와 나 사이의 거리를 생각하면……. 솔직히 말하자면 난 정식으로 그와 겨뤄도 승부가 어찌 될지 장담할 수가 없소."

"그 정도였소?"

"그렇소이다. 그래서… 한 가지 의심이 들기는 하오."

"무슨……?"

"음… 그건 나중에 좀 더 확실해지면 말하리다."

"알겠소이다. 아무튼 일이 이렇게 된 이상 그를 자극하는 행동은 하지 말아야 할 것 같소."

"동감이오. 오늘은 그를 제대로 대접해 줍시다. 그의 환심을 사야 북두회를 사냥하기 위한 충실한 사냥개가 될 거요."

"맞는 말이오. 그런데 그러기 위해선 마중을 나가야 할 것 같소."

"그렇구려. 후우… 이런 일은 정말 고역이군."

궁막해가 나직하게 한숨을 쉬었다.

"미안하오. 내가 동행을 청해서……."

"아니오. 모든 일을 총관에게만 맡겨둘 수는 없는 일 아니겠소? 갑시다."

궁막해가 먼저 망루를 내려가기 시작했다.

적풍은 마차와 십여 장 뒤에서 우마와 어깨를 나란히 하고 말을 몰고 있었다.

병풍처럼 둘러선 검벽의 절벽들이 신장처럼 일행을 내려다보고 있었다.

"마중을 나오는군요."

우마가 말했다.

"뜻밖이군. 나에 대한 생각이 변했나?"

"후후, 형님께 일격을 당하고 놀란 모양입니다."

"아니면 말 잘 듣는 사냥개를 만들려고 일부러 융숭한 대접을 하는 것일 수도 있지."

"멍청한 작자들! 지 놈들 죽을 줄도 모르고……."

우마가 희쭉였다.

"멍청한 건 아니지. 다만 우리에 대해 너무 모를 뿐인 거지."

"그게 멍청한 거지요."

"그런가?"

적풍이 어깨를 으쓱했다.

"아무튼 놈들의 영채까지는 무사히 가야 할 텐데요."

"마중을 나오는 것으로 봐선 의심할 것 같지는 않군."

"아무래도 그렇지요?"

"우리도 맞장구를 쳐주자고!"

적풍이 말을 하고는 말을 몰아 앞으로 달려 나갔다. 우마가 놓칠세라 적풍의 뒤를 따라갔다.

"어서 오십시오, 성주!"

적풍이 앞으로 달려 나오자 이미 일행 앞에 도착해 있던 하근이 정중하게 포권을 해 보이며 말했다.

"약속대로 요청한 자재들을 가져왔소. 인부들은 내일 도착할 거요."

적풍의 곁에서 우마가 말했다.

"그저 감사할 따름입니다."

하근이 머리를 조아렸다. 지난번 십자성을 방문했을 때와는 전혀 다른 모습이다.

"그런데, 생각보다 일이 많이 진척됐구려."

적풍이 화제를 돌렸다.

"본래 지혈문의 터전이었던 곳입니다. 비록 본 문의 공격으로 무너졌다고는 해도 그 기반은 그대로 남아 있었지요."

"음… 그렇군."

"일단 영채로 가시지요?"

"그렇게 하시오."

적풍이 고개를 끄떡였다.

그러자 하근이 신형을 돌리며 소리쳤다.

"십자성의 성주시다. 길을 열고 정중히 맞으라!"

하근의 명에 지왕종문의 문도들이 하던 일을 멈추고 좌우로 늘어서며 길을 열었다.

"가시지요."

적풍이 하근의 권유에 따라 지왕종문의 영채를 향해 걷기 시작했다.

지왕종문의 영채는 과거 지혈문의 장원이 있던 자리에서 삼십여 장 떨어진 작은 숲에 세워져 있었다.

지혈문의 장원이 있던 자리는 본래 불탄 잔재가 가득했던 폐허였는데 어느새 깨끗하게 정리가 되어 있었고, 여러 곳에 이미 새로운 건물을 지을 기둥이 세워져 있기도 했다.

"지금은 이곳에서 지내고 있습니다."

숲 주위에 임시로 방책을 세우고 그 가운데 높은 망루가 서 있는 영채로 들어서며 하근이 말했다.

"음… 역시 지왕종문이군. 세상모르게 언제 이런 준비를 하셨는가?"

적풍이 조금 놀란 표정으로 말하자 하근이 빙그레 미소를 지으며 대답했다.

"십자성의 신비함만 하겠습니까?"

"후후, 그런가?"

"강호의 모든 사람이 십자성의 등장에 놀랐지요. 그 낡은 성을 천하제일의 밀지로 만들고, 오대세가의 고수들을 물리쳤으며, 남궁세가를 굴복시킨 것이 모두 단 반년도 되지 않아 일어난 일이 아닙니까? 염화마군께서도 그에 대해선 무척 인상이 깊으셨던 모양입니다. 해서 십자성과 정중히 인연을 맺으라는 명을 내리신 거지요."

하근이 은근한 목소리로 말했다.

"그런가? 그렇다면 세상은 다시 한 번 본 성의 행보에 놀라게 되겠군."

적풍의 말에 하근의 눈빛이 반짝였다.

"무슨 다른 일을 계획하고 계시는 모양이군요."

"그렇소."

"감히 제가 그 일을 여쭤봐도 되겠습니까?"

"물론 그대도 알아야 할 일이지. 이 일이야말로 지왕종문에도 아주 중요한 일이니까."

"그렇게 말씀하시니 정말 궁금하군요. 대체 어떤 일입니까?"

"그건 바로… 그대의 목을 베는 일이지!"

슈욱!

청룡검이 뽑혔다.

검이 허공에 반월의 검기를 만들었다. 그리고 검이 만든 달 그림자가 그대로 하근의 목을 향했다.

하근이 본능적으로 고개를 틀었다. 세상에는 무공보다 그 두뇌가 더 위험한 뛰어난 지자(知者)로 알려져 있지만, 하근 역시 절정의 무공을 숨기고 있었다. 아무리 기습이라 해도 순순히 자신의 목을 내줄 사람은 아니었던 것이다.

그러나 하근은 겨우 목을 내주는 것은 피했지만 팔까지 지켜내지는 못했다.

팟!

붉은 선혈이 솟구쳤다. 하근의 팔이 주인을 잃고 땅에 떨어졌다.

"무슨 짓이냐?"

하근의 뒤에 조금 떨어져 있던 궁막해가 악귀 같은 소리를 지르며 적풍을 향해 날아들었다.

"이 땅을 본래의 주인에게 돌려주려고."

적풍이 청룡검의 검끝을 하근에게서 궁막해에게로 돌리며 대답했다.

제2장
검벽의 변(變)

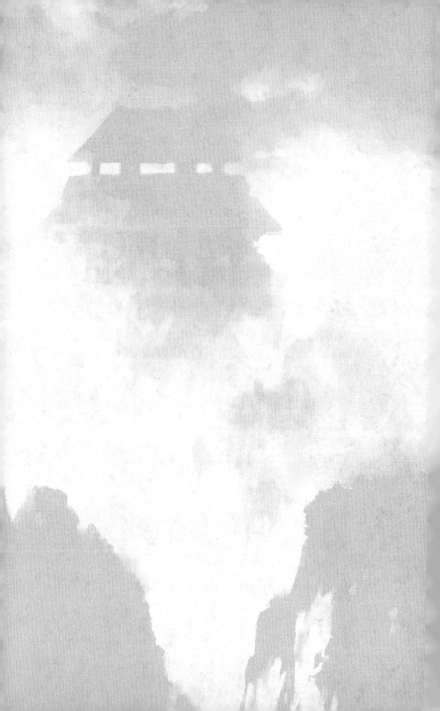

훗날 사람들이 검벽의 변이라 부르며 십자성의 군림에 결정적인 변환점이 되었다고 말하게 되는 그 싸움은 그렇게 갑작스럽게 일어났다.

강력한 파열음과 함께 궁벽해가 허공으로 날아갔다. 그의 옆구리에서 피가 흩날렸다.

그런 궁벽해를 향해 적풍이 사냥하는 매처럼 따라갔다. 동시에 십자성의 고수들에게 명을 내렸다.

"시작해!"

그 말을 신호로 짐을 싣고 온 십여 대의 마차에 숨어 있던 십자성의 고수들이 뛰쳐나왔다.

"이놈들! 모두 죽여주마!"

마차에 몸을 숨겼던 자들은 준갈이 이끄는 무풍대의 고수였는데 개중 다른 신분의 사람이 한 명 있었다. 그런데 그가 가장 맹렬하게 지왕종문의 고수들을 공격했다.

애초에 이 터전의 주인이었던 무너진 지혈문의 문주 두관웅이었다. 그는 혈마련 고수들의 만류에도 불구하고 이 공격에 동참했다. 그로서는 자신의 터전을 찾고 지왕종문에 복수하는 일이기에 무슨 일이 있어도 이 공격에 동참하겠다고 고집을 부렸었다.

다행인 것은 적풍이 그의 요청을 순순히 허락했다는 것이다. 적풍은 이 기회에 지혈문을 십자성에 온전히 복속시킬 생각이었기에 그의 요청을 들어주지 않을 이유가 없었다.

짐마차에서 튀어나온 자들 때문에 전세는 한순간에 결정됐다. 지왕종문의 마인들이 아무리 거칠다고 해도 이런 식으로 기습을 당해서는 공격자들을 당해낼 수 없었다.

그래서 적풍은 마음 놓고 그가 사로잡으려 했던 궁막해에게 집중할 수 있었다.

콰쾅!

궁막해가 기이하게 생긴 도를 연신 휘둘러 댔다. 적풍은 궁막해를 상대하면서 한편으로는 이상한 생각이 들었고, 또 한편으론 감탄하지 않을 수 없었다.

적풍이 이상하게 생각한 이유는 궁막해의 도법이 보통의 무림인들과 무척 다르다는 것이었다. 도의 생김새를 떠나 궁막해는 무림의 도법이 아니라 전장에서 장수가 싸우듯 도를 휘두르고 있었다.

지왕종문이 무림의 이대세력이란 점을 생각하면 궁막해의 이런 도법은 뜻밖이었다.

반면 적풍이 감탄한 것은 그런 도법을 쓰는 자치고는 빈틈이 거의 없다는 것이었다.

본래 전장을 누비는 장수의 칼은 세기보다는 힘에 바탕을 두게 마련이다. 전장에서 말을 달리며 수많은 적병을 베어야 하기 때문에 강호의 무인들에 비하면 광폭한 도법을 사용할 수밖에 없는 것이다.

당연히 그런 도법을 무림에서 사용하자면 많은 허점이 드러날 수밖에 없었다. 그런데 궁막해의 도법에는 거의 허점이 보이지 않았다.

'경험이 많은 자다.'

이런 거친 도법을 쓰면서도 자신의 빈틈을 차단하는 기술은 오직 경험에 의해서만 터득할 수 있는 것이다.

그러자 다시 의문이 생겼다.

도대체 이자는 어디서 싸워왔던 자일까. 그동안 지왕종문 고수들의 과거는 밝혀진 것이 거의 없었다. 그들은 마치 하늘에서 떨어지거나 혹은 땅에서 솟은 것처럼 강호에 나타났다.

그들이 지왕종문의 출현 이전에 강호에 모습을 드러냈던 이야기는 그 어디에서도 들을 수 없었다. 그럼에도 불구하고 수백 번의 실전을 통해서만 얻을 수 있는 무공을 지니고 있으니 그 과거가 궁금할 수밖에 없었다.

'그래서 더욱 너를 잡아야겠다.'

적풍이 청룡검을 좌우로 휘둘러 댔다.

궁막해가 적풍의 공격을 맞아 어지럽게 도를 움직였다. 도를 휘두르는 속도가 얼마나 빠르고 강맹한지 그의 신형이 완전히 도의 그림자에 가려 보이지 않을 정도였다.

콰콰쾅!

적풍이 무식하게 느껴질 만큼 연속해서 적을 때려댔다. 적의 빈틈을 찾는 대신 적의 방어막을 깨뜨리겠다고 결심한 적풍이었다.

물론 다른 방법을 찾을 수도 있었다. 그러나 이상하게도 적풍은 오직 힘으로써 궁막해를 굴복시키고 싶었다. 그 자신조차 싸우는 와중에는 깨닫지 못한 마음이었다.

쩌정!

계속되는 적풍의 공격에 궁막해의 도막에 조금씩 균열이 생기기 시작했다.

찢어지는 도막 뒤에서 서서히 궁막해의 얼굴이 드러났다.

그런데 궁막해의 얼굴을 보는 순간 적풍이 자신도 모르게 흠칫했다. 그의 눈에 비치는 궁막해의 모습은 사람의 그것이라고 보기에는 너무도 흉측했다.

검붉은 눈, 하늘로 솟구친 머리카락, 보통의 사람보다 배는 길어 보이는 송곳니. 이건 마치 전설 속에서나 나오는 사천왕의 모습을 보는 것 같았다.

'마귄가?'

적풍이 한순간 어린애 같은 생각을 했다. 그러나 사람이 마귀일 수는 없다. 아무리 흉측한 모습을 하고 있다고 해도 궁막해는 사람이 분명했다. 그가 수련한 무공이 그의 모습을 이렇게 괴기스럽게 만든 것이 분명했다.

사람이라면 꺼릴 것이 없다. 오히려 궁막해의 이런 흉측한 모습이 적풍의 투기를 더욱 불러일으켰다. 마치 길들이고 싶은 야수를 발견한 듯한 기분이었다.

파파팟!

적풍이 연이어 세 번 검을 찔러 넣었다. 그러자 궁막해의 도막이 완전히 와해됐다.

적풍이 궁막해의 면전으로 뛰어들면서 검을 내려쳤다. 단번에 궁막해의 괴수 같은 머리를 박살 낼 것 같은 기세다.

쾅!

궁막해가 도를 들어 적풍의 검을 막았다. 순간 적풍이 잠력을 검에 쏟아부었다.

"욱!"

궁막해의 입에서 신음성이 흘러나왔다.

"널 잡아야겠다."

적풍이 나직하게 속삭였다. 그리고 상황은 적풍의 의도대로 흘러갔다. 궁막해는 적풍의 검에 갇힌 듯이 제압되어 있었다. 단 한 발이라도 옆으로 걸음을 옮기면 그대로 적풍의 검이 그의 머리를 반으로 쪼갤 상황이었다.

"음!"

궁막해가 다시 신음을 흘렸다. 적풍의 검을 통해 밀려드는 강력한 힘이 그의 내장까지 전해지는 것 같았다.

"그만하지. 물어볼 말이 많아."

적풍이 다시 말을 건넸다. 항복하면 살려주겠다는 뜻이다. 그런데 그 순간 궁막해의 흉측한 얼굴에 한 줄기 미소가 드리웠다.

"흐흐, 애송이. 넌 아직 우릴 몰라."

"그래서 좀 알자는 거지."

"곧 알게 될 거다. 네놈이 뭘 건드렸는지. 하지만 지금은 아냐."

"그전에 널 통해 알고 싶다니까?"

"이런 위험 따위… 흐흐흐, 위험도 아니지. 우리 네놈보다 수백 배 강한 자들과 싸운 사람들이다."

"그래? 그자들에 대해서도 궁금하군. 그래서 더욱 널 잡아야겠어. 사실… 그자들도 널 잡지는 못했잖아?"

"클클클! 어쩔 수 없군. 네놈에게 약간의 비밀을 알려주는 수밖에……."

"좋아. 시작은 언제나 그렇게 하는 거니까."

적풍은 궁막해가 싸움을 포기하겠다는 의미로 받아들였다. 그러나 그건 적풍의 오판이었다.

한순간 궁막해의 몸이 땅으로 꺼지듯 사라졌다. 그리고 그가 서 있던 땅이 거북 등처럼 일어나더니 순식간에 적풍으로부터 멀어지기 시작했다.

"이건 무슨 개수작이냐?"

사술을 부린다고 생각한 적풍이 눈썹을 꿈틀거리며 땅속으로 움직이는 궁막해를 향해 검을 휘둘렀다.

퍼퍼펑!

적풍의 청룡검이 땅을 뒤집어놓았다. 궁막해가 이동한 경로를 따라 길게 고랑이 생겨났다.

그런데 그 어디서도 궁막해를 찾을 수 없었다.

적풍이 검을 멈춘 후 재빨리 무릎을 꿇고 땅에 손을 댔다. 지면의 파동으로 궁막해의 위치를 파악하려는 것이다. 그런데 그 순간 삼십여 장 밖에서 궁막해가 솟구쳤다.

"지왕의 사자들이 널 찾아갈 것이다. 그때… 오늘 이 수모를 갚아주마!"

그 말이 채 끝나기도 전에 궁막해가 그림자를 남기며 도주하기 시작했다. 광풍 같은 속도다.

"추격할까요?"

우마가 다가서며 물었다.

"놔둬!"

"쫓을 수 있습니다."

우마는 빠름에 자신이 있었다. 지금이라도 추격을 한다면 궁막해를 따라잡을 수 있다고 확신하고 있었다.

"꺼려지는군."

"예?"

"숨기는 것이 많은 자야. 혼자 추격하는 것은 위험해."

"하지만……."

"더군다나 대안이 있잖아."

"무슨……?"

"대신 저자를 잡아가자고!"

적풍이 청룡검을 들어 한쪽에서 피투성이가 된 채 남은 한 팔로 십자성의 고수들을 상대하고 있는 지왕종문의 총관 하근을 가리켰다.

"그와는 다르지요."

"물론 그와 비교할 순 없지. 저자는 신혈족이 아니니까. 그래도 총관 노릇을 했으니 보고 들은 것은 있을 거야."

"알겠습니다."

우마가 대답을 하고는 바람처럼 하근을 향해 다가갔다. 그러고는 스치듯 하근을 지나치자 갑자기 하근이 비명을 지르며 그 자리에 쓰러졌다.

"악!"

쓰러진 하근을 향해 십자성의 고수들이 이리처럼 달려들었다.

"죽이지 마라."

우마가 급히 명을 내렸다. 그러자 하근을 난도질하려던 십자성 고수들의 도검이 그의 몸 위에서 멈췄다.

"싸움을 끝내라. 항복하는 자는 살려두고!"

적풍이 전장을 둘러보며 명을 내렸다.

"사람을 불러오려면 얼마나 걸릴 것 같소?"

검벽의 절벽 위에서 주변을 내려다보며 적풍이 물었다.

"대략 한 달 정도는 걸릴 거 같습니다."

지혈문주가 대답했다.

그는 마치 아주 오래전부터 적풍을 따르는 수하처럼 행동했다. 말투도 변해 있었다. 자연스럽게 존대를 하는 두관웅이었다.

"위험하지 않겠소?"

적풍이 두관웅을 돌아봤다.

"처음에는 당연히 반발할 것입니다. 하지만… 그도 본 것이 있으니까요."

두관웅이 그들과 거리를 두고 떨어져 있는 노인을 눈으로 가리켰다. 두관웅과 함께 십자성을 찾아온 승려 모습의 노고수가 뭔가 곰곰이 생각을 하며 절벽 위에 서 있었다.

"나융이라고 했소?"

"그렇습니다. 혈궁주의 오랜 심복으로 혈궁의 부궁주 세 명 중 한 명입니다."

"도움이 되겠구려."

"생각보다 심기가 깊은 사람이니 잘 판단할 겁니다."

"혈궁주가 지왕종문으로 향할 가능성은 없소?"

"지금까지는 모르지만 오늘 이후로는 그런 생각을 하지 못할 겁니다. 비록 구경꾼이었을지라도 그 역시 이 자리에 있었으니……."

역시 나융에 대한 말이다.

"혈궁주를 잘 설득하시오."

"여부가 있겠습니까?"

"가능하겠소?"

"사실 그에게는 선택지가 별로 없습니다. 북두회에선 이미 외인 취급을 하고 있고, 그렇다고 혈마련을 쇠락의 길로 가게 만든 지왕종문에 머리를 굽힐 수도 없지요. 적당히 대우만 해준다면 반드시 십자성과 연대할 것입니다."

"혈마련의 다른 문파들이 동조하겠소?"

"그건… 자신할 수 없습니다."

"어째서 그렇소?"

적풍이 의아한 표정으로 물었다.

"본래 혈마련은 천마맹이나 북산맹보다 그 결속력이 훨씬 느슨했었습니다. 해서 혈궁주가 지왕종문에 의해 큰 손해를 보고 물러날 때도 백혈귀곡과 사림은 원군을 보내지 않았지요. 그 이후에 혈궁과 그 두 개 문파는 같은 혈마련의 세력이라고 보기에 무색할 정도로 사이가 좋지 않습니다."

"지혈문의 위치는 어떠했소?"

"후… 저희야 말할 계제가 아니었지요. 멸문에 가까운 상태였으니……."

"아니, 혈궁주와의 사이 말이오."

"음… 솔직히 말하자면 부끄럽습니다만 이 검벽을 떠난 이후 거의 혈궁주의 가신처럼 생존해 왔습니다. 아마 성주께서도 그가 절 대하는 태도를 보셨을 겁니다."

두관웅이 다시 나융을 바라봤다.

"하긴 그대에 대한 존중심이 없더구려."

"그러나 이젠 다르지요."

"과거의 울분을 푸는 것 때문에 대업을 그르쳐선 안 되오."

적풍이 경고했다.

"물론입니다. 그래도 일문을 이끌던 사람인데 어찌 공사 구분을 못하겠습니까?"

"좋소. 검벽을 최대한 키워봅시다."

"감사합니다."

두관웅이 진심으로 고마운 표정을 지어 보였다. 그러자 적풍이 고개를 젓는다.

"그리 좋게만 생각할 일이 아니오. 만약 지왕종문이 절강을 공략하려 한다면 가장 먼저 이 검벽으로 올 것이오. 그러니 지혈문으로선 무척 위험한 선택이오."

"그렇다 한들 이번에는 순순히 당하지 않을 겁니다. 그땐 워낙 창졸간이어서……."

"검벽에 맞는 진법을 구해보겠소."

"십자성 주변의 진을 따오면 어떻습니까?"

두관웅이 욕심이 나는 듯 물었다.

"글쎄, 가능하다면 그것도 좋겠지만 그러자면 막대한 물자가 필요하오. 또 십자성과 검벽은 주변 환경이 틀리오. 그쪽은 숲인데 이쪽은 석산이라……. 일단 급한 대로 적당한 진을 구해

보고 이후에 연구해 보십시다."

"알겠습니다."

두관웅이 순순히 대답했다.

"그럼 한 달 뒤에 다시 봅시다."

"좋은 소식을 가져오겠습니다."

"지혈문을 위해서라도 그리되길 바라겠소."

적풍이 대답하자 두관웅이 고개를 숙여 보이고는 나융이 있는 곳으로 다가가며 말했다.

"나 노사, 돌아갑시다."

그러자 혈궁의 부궁주 나융이 의심스런 표정으로 물었다.

"같이 가겠다는 말이오?"

"당연한 일 아니오? 혈궁주님을 만나 봬야 할 것 아니오?"

두관웅이 대답했다.

"음… 궁주님을 만나 무슨 말씀을 하시려오?"

"그건 가면서 상의해 봅시다."

두관웅의 말에 나융이 잠시 생각에 잠겼다가 두관웅을 지나쳐 적풍에게 다가왔다. 그러고는 정중하게 포권을 하며 말했다.

"하직 인사 드리겠소이다."

두관웅과는 다른 태도다.

"잘 가시오."

"궁주께 전하실 말이 따로 있으신지……?"

"이미 지혈문주에게 전했소. 그는 이제 나를 대신할 것이오."

"외람되지만 지혈문은 혈마련에 속한 문파입니다."

"그도 좋고. 그렇다고 내 뜻을 전하지 못할 바는 없지 않소? 조심해 가시오."

축객령이다.

나융은 무슨 말인가를 더 하고 싶은 눈치였지만 적풍이 시선을 거두자 차마 입을 열지 못하고 걸음을 돌렸다.

두관웅 일행이 먼지를 일으키며 길을 떠났다. 적풍은 여전히 검벽 위에서 그 모습을 보고 있었다.

"모든 것이 계획대로 되었습니다. 이제 곧 검벽의 소식이 강호에 퍼질 겁니다. 야문에서 사람을 동원했습니다."

"나쁘지 않군."

적풍이 대답했다.

"썩 만족하신 표정이 아니신데요?"

"음… 두고 생각해 보니 그자의 무공이 계속 마음에 걸려."

"궁막해란 자 말입니까?"

"응."

적풍이 고개를 끄떡였다.

"저도 얼핏 보았지만 정말 특별하더군요. 특히 땅속에서 움직이는 것이 마치 물속에서 움직이는 것처럼 자유로웠습니다."

"그러게 말이야. 대체 어떤 내력을 가진 자들일까?"

"그들에 대해 알고 계신다지 않았습니까?"

"그런 줄 알았는데… 역시 그 늙은이가 제대로 말을 해주지 않은 것 같아. 그런 괴물일 줄은 몰랐거든?"

"그 늙은이라시면……?"

"그런 늙은이가 있어. 어쨌거나… 점점 흥미가 생기는군."

"그자를 만나보시겠습니까?"

우마가 물었다.

"하근?"

"예."

"말이나 할 수 있어?"

"말 정도야……."

"그래? 그럼 가보자구."

적풍이 관심이 생기는지 먼저 걸음을 옮겼다.

지왕종문의 총관으로서 어제까지만 해도 천하에서 가장 중
요한 인물 중 한 명이었던 만인뇌 하근의 모습은 곤궁하기 이
를 데 없었다.

한쪽 다리는 더 이상 쓸 수 없을 정도로 망가져 있었고, 오
른팔도 잘린 부위를 천으로 둘둘 말고 있었다.

얼굴에는 길게 검상이 나 있었는데, 금창약을 바른 모습이
죽기 직전의 사람 같았다.

그러나 그럼에도 불구하고 하근의 눈은 살아 있었다. 원독
이 가득한 그의 눈은 그를 치료하고 감시하는 십자성의 무사
들이 두려움을 느낄 만큼 강렬했다.

그런 하근이 누운 채로 고개를 돌려 장막의 입구를 열고 들

어오는 적풍을 노려봤다. 적풍은 덤덤한 얼굴로 근처에 있는 의자를 가져와 하근 앞에 앉았다. 그러고는 이리저리 하근을 살피더니 우마를 보며 말했다.

"역시 죽지는 않겠군."

"몇 달 걸릴 겁니다. 사람 구실 하려면."

우마가 대답했다.

"지금 날 모욕하는 것이냐?"

누워 있던 하근이 화를 참지 못하고 소리쳤다.

"모욕이라니. 그저 현실을 알려줬을 뿐이야."

"왜 날 죽이지 않느냐?"

"생각보다 쓸모가 많아, 당신은. 듣고 싶은 말도 있고."

"후후, 내 입이 열릴 것 같으냐?"

하근이 적풍을 비웃었다.

"열지 않을 건가?"

적풍이 물었다. 그 순간 적풍의 눈에서 검은 기운이 한 차례 흐르고 지나갔다. 그러자 갑자기 만인뇌 하근의 얼굴에 두려움이 생겼다.

"당… 신?"

"이런 거 본 적 있지?"

적풍이 물었다. 그러나 하근은 그저 적풍을 바라볼 뿐 입을 닫은 채 말을 하지 않았다.

적풍은 그런 하근 얼굴에 흐르는 공포심을 알아봤다. 그러고는 자신도 모르게 중얼거렸다.

"그렇게 두려운 잔가?"

"가늠할 수 없을 만큼!"

하근이 대답했다.

"만인뇌가 세상을 배신한 것은 두려움 때문이었다는 뜻이군."

적풍의 말에 하근의 볼이 씰룩였다. 수치심이 두려움 위에 더해졌다.

"부인하지는 않겠다."

하근이 대답했다.

"나와 비교하면 어떤가?"

"후후후, 감히……."

하근이 대답했다.

두 사람이 말하고 있는 자는 지왕종문의 문주이자 현 천하에서 가장 두려운 존재로 알려진 염화마군 철륵이다. 하근은 아무리 십자성주 적풍이 대단한 인물이라도 염화마군과 비교할 수는 없다고 생각하는 모양이었다.

"난 그를 벨 생각인데……."

"하하하! 역시 젊군. 그러나 그대는 결코 그를 벨 수 없을 것이다."

"왜?"

"너 역시 그와 같은 피… 아는 자들만 안다는 그 이골마족의 피를 지녔다는 것은 알겠다. 그러나… 그에 비하면 너의 기운은 태양 아래 반딧불처럼 약하다. 그는… 결국 천하를 지배하게 될 거야."

"바로 그게 알고 싶어. 그가 대단하다는 것은 나도 알거든. 그런데 왜 망설이고 있는 거지? 대혈산에 똬리를 틀고 앉아 전진을 하고 있지 못하잖아? 그냥 이렇게 졸개들이나 보내 엉뚱한 장난이나 하고 있고 말이야."

적풍이 물었다.

염화마군 철륵은 우서한조차도 경계하는 자다. 그래서 자신까지 풀어주며 강호로 내보지 않았던가.

그런 세간의 평판을 고려한다면 염화마군 철륵의 행보는 너무 느렸다.

"생각보다 북두회가 단단하더군."

하근이 대답했다.

"음… 그래?"

적풍이 심드렁하게 대답했다.

"천하에 마군님을 상대할 고수는 없다. 그건 내가 장담하지. 하지만 싸움은 한 사람의 힘만으로 할 수 있는 것은 아니니까. 북두회는… 예상외로 단단한 결속력을 가지고 있었다. 물론 그 중에 혈마련은 예외지만……. 그래서 혈마련을 먼저 공격한 거지. 그들을 북두회에서 떼어내 지왕종문을 따르게 하려고. 이상하게도 북두회는 혈마련의 중요성을 잘 모르는 것 같았거든."

"하긴 못났어도 주춧돌 중 하나는 하나지. 하나가 빠지면 건물 전체가 흔들리니까."

"그 일을 그대가 방해한 거다."

"음… 나쁘지 않았다는 거군."

적풍이 만족한 듯 미소를 지었다. 지왕종문의 행사를 제대로 방해하게 된 것이 흡족한 적풍이었다.

"당신… 대체 어디서 튀어나온 거지?"

하근이 물었다.

"사실 그 말을 묻고 싶어서 당신을 살린 거야. 나도 이골마족의 뿌리가 몹시 궁금하거든."

"너도 너 자신의 뿌리를 모른다는 거냐?"

하근이 물었다.

"당신은 만 사람의 뇌를 가지고 있는 만인뇌라니 이골마족에 대해 많을 것을 알고 있지 않을까 생각하는데……. 어때, 당신이 알고 있는 것을 말해주면 난 당신을 세상으로부터 지켜주지."

"세상으로부터?"

"북두회는 당신을 잡으려고 혈안일 것이고, 염화마군은 당신이 종문의 비밀들을 발설할까 봐 오히려 죽기를 바랄 거야. 살수를 보낼 수도 있지. 그러니 당신은 사실 내가 살려줘도 결코 살 수 없는 운명이 된 거야. 그건 당신이 더 잘 알 것 같은데?"

적풍이 하근과 시선을 맞췄다. 하근은 그 순간 불현듯 이 젊은 십자성의 성주에게 의지하고 싶은 생각이 들었다. 이상한 일이었다. 그 전율적이고 신마와 같은 능력을 지녔던 염화마군에게도 이런 느낌이 들지는 않았다.

"당신이 날 그의 손에서 지켜줄 수 있다고?"

하근이 되물었다.

"물론……."

"후우… 불가능한 일이다. 마군이 누군가를 죽이려 한다면 그자는 반드시 죽게 되어 있어. 세상은 아직 모른다. 마군이 어떤 능력을 지닌 사람인지."

"사람인가?"

적풍이 되물었다. 그러자 하근이 고개를 끄떡였다.

"이골마족도 사람은 사람이지. 조금 특별할 뿐……."

"그래서 말인데, 사람이 하는 일인데 어떻게 장담하겠는가? 내 생각에 이 세상에는 염화마군 철특을 상대할 자가 적어도 세 명은 있어."

적풍의 말에 하근이 놀란 표정으로 적풍을 바라봤다.

"불가능한 일이다."

하근이 말했다.

"그렇게 생각해도 어쩔 수 없지. 사람은 자신이 본 것만 믿으니까."

적풍이 고개를 끄떡였다.

그러자 하근이 잠시 침묵을 지키다가 다시 물었다.

"그 셋이 누구냐?"

"당신도 알고 있는 사람들이야."

"나도 안다고? 아니… 불가능해. 내가 아는 자 중에는 염화마군을 상대할 자가 없다."

하근이 고개를 저었다.

"말했지만 판단은 서로 다르니까. 난 그 셋이 염화마군을 상대할 수 있다고 생각하는 쪽이지."

"이름을 말해봐라."

"첫 번째는… 나."

"클클……."

하근이 어이없는 표정으로 실소를 흘렸다. 그러나 그의 반응에 적풍은 동요하지 않았다. 짐작하고 있던 반응이었다.

"물론 당신은 달리 생각하겠지. 하지만 난 자신이 있어. 그를 상대할."

"당신은… 그를 몰라."

하근이 타이르듯 말했다.

"당신 역시 날 모르지."

적풍이 대꾸했다. 그러자 하근이 다시 한 번 피식 실소를 흘리며 고개를 끄떡였다.

"좋아. 당신에게 숨겨둔 능력이 있다고 치고. 그래, 다른 두 사람은 누구지?"

하근이 다시 물었다.

"북두회의 숨은 실력자, 묵안노 흑야 마한!"

적풍이 대답했다.

"그라고?"

하근이 의외라는 듯 되물었다.

"왜, 이번에도 생각이 다른가?"

"그는… 뛰어난 자긴 해도 무공은 북두회의 일곱 수장에 미치지 못하는 것으로 알고 있는데. 단지 한 근 머리가 비상해서 북두회의 총군사가 된 것이지."

"그게 그의 무서운 점이지. 사실 그는 천하제일을 다툴 만한 무공을 가지고 있거든."

"그게 사실이냐?"

하근이 믿을 수 없다는 듯 되물었다.

"이 또한 내 판단이니까 믿든 말든 그건 당신 자유고……."

적풍의 심드렁한 대답에 하근이 적풍을 노려보다가 다시 입을 열었다.

"좋아. 묵안노는 그렇다 치고 마지막 한 명은 누구냐?"

하근이 묻자 적풍이 가볍게 탄식을 하며 중얼거렸다.

"하! 사람들은 참 이상하지. 모두에게 드러난 인물을 눈앞에서도 보지 못하고 마치 숨은 기인을 찾는 것처럼 생각하니."

"그게 무슨 소리냐?"

"묻겠다. 당신이 생각하기에 오십 년 내의 무림사에서 최강자는 누군가?"

"……?"

"만인뇌라며? 뭘 생각해?"

"그야 당연히… 음, 전마 적황이겠지."

"두 번째는?"

"그건 의천… 설마 의천노공 우서한을 말하는 건가?"

"그가 아니면 누구겠어?"

"하지만 그는……."

"뭐 세상일에 관여치 않는다는 둥, 신비지인이라는 둥 그런 소리를 하려는 건가? 후후후, 어리석은 생각이지. 그는 죽여야 된다고 생각하면 언제든 강호에 나와 살검을 휘두를 사람이지. 그의 손에 전마가 죽었음을 잊으면 안 돼. 하물며 염화마군쯤 이야……."

"그러나 그는 이미 늙었다. 혹은 죽었을지도 모르지. 그의 나이가 올해로 이미 백이십여 세를 바라보고 있을 텐데……."

하근이 불가능한 일이라는 듯 고개를 저었다.

"이것 하나는 확인해 줄 수 있다. 그는 살아 있다. 그것도 아주 건재하게. 높은 곳에서 무림을 내려다보며 말이야."

"그, 그게 정말이냐?"

"내가 왜 이따위 거짓말을 하겠어. 그것도 당신에게 말이야."

"그를… 아느냐?"

하근이 눈을 가늘게 뜨며 물었다.

"세상 모든 사람이 그를 알지."

"내 말이 그 뜻이 아니라는 걸 잘 알 텐데?"

"후후… 알지. 삼 년 정도 되어가는군. 그를 마지막으로 본 것이."

"아……!"

하근이 나직하게 탄식했다. 무림의 전설 의천노공 우서한이 여전히 건재하게 살아 있다면 그는 정말 염화마군 철륵을 죽일 수도 있는 인물이었다.

적풍은 세 사람의 이름을 댔지만 그중 하근이 인정할 수 있는 자는 오직 우서한뿐이었다.

하지만 하나면 어떻고 셋이면 어떤가. 절대적인 존재라고 생각했던 염화마군 철륵을 죽일 수 있는 자가 세상에 존재한다는 것 자체가 하근에게는 중요했다.

절대의 기준에서 벗어난 철륵은 신마가 아니라 마두에 지나지 않는다.

"그가 살아 있단 말이지?"

하근이 중얼거렸다. 그의 눈이 영활하게 움직였다.

"왜, 계산이 달라지나?"

"그를 만날 수도 있고?"

하근이 되물었다.

"아마도……."

적풍이 대답했다.

"그와는 어떤 관계지?"

"불가근불가원!"

"그 정도로는 부족해."

하근이 말했다. 그러자 적풍이 정색을 하며 말했다.

"이 이상을 아는 자는 십자성에도 없다. 하물며 당신의 몫일까. 지금까지 내가 말해준 것이 당신에 대한 최대한의 성의다. 사실… 당신이 알고 있는 것이 내가 원하는 수준 이상일 가능성은 일 할도 안 돼. 오히려 내가 더 많은 것을 알 수도 있지. 그럼에도 당신에게 기회를 주는 건 아주 작은 기대 때문이지. 아무튼, 말하기 싫으면 죽으면 돼. 그것도 내게 큰 손해는 아니다. 아니… 북두회에 넘길까? 화해의 선물로? 그래, 그게 낫겠어."

적풍이 차갑게 미소 지었다.

순간 하근의 얼굴이 파랗게 질렸다.

사실 하근이 가장 두려운 것은 죽는 것이 아니었다. 그가 진정으로 두려워하는 것은 천하인의 웃음거리가 되는 것이었다.

지왕종문에 들기 전 만인뇌라 불리며 강호의 현인으로 명성 높았던 하근이었다. 그런 그가 누군가는 악마의 무리라고까지 부르는 지왕종문의 총관이 된 것은 염화마군 철륵에 대한 두려움 때문이기도 했지만 그의 절대적인 힘을 이용해 강호에 군림하고 싶은 욕망 때문이기도 했다. 다시 말해 강호군림이라는 욕망을 위해 강호의 현인이라는 명성을 버린 것이다.

그런데 이렇게 사로잡힌 몸으로 북두회에 건네진다면 그는 세상 사람들의 손가락질을 받으며 몸과 마음을 더럽힌 채 죽게 될 것이다. 그것이야말로 죽음보다 더한 수치였다.

"솔직히 말하자면 나도 그에 대해 아는 것이 별로 없다."

하근이 결국 굴복했다.

"얼마나 함께했나?"

적풍의 말투가 부드럽게 변했다.

"오 년 정도……."

"긴 시간이군. 긴 이야기가 될 테니 몸이 좀 나아지면 합시다. 옛 기억을 떠올리는 일은 생각보다 힘이 드는 일이지. 쉬구려."

적풍은 당장 하근의 이야기를 들을 생각은 없었다. 여전히 그는 검벽에 있었고, 그의 이야기를 듣자고 막사 안에 틀어박혀 있을 상황도 아니었다.

그리고 그의 말대로 하근 역시 옛 기억들을 되짚어볼 시간이 필요할 것이다. 본래 염화마군처럼 강렬한 기운을 지닌 사람을 만나고 그의 수족이 되어 한 세월 살다 보면 어디서부터 일이 시작되었고 또 어떻게 흘러왔는지 스스로도 명확치 않을 때가 있었다.

"다르군."

적풍이 나가자 하근이 중얼거렸다.

"후우… 입에 올리면 곧 죽음이라는 그의 이야기를 결국 하게 되겠군. 하지만 정말 난 그에 대해 뭘 알고 있는 것일까?"

하근이 꿈을 꾸듯 몽롱한 표정으로 말했다.

＊　　　＊　　　＊

"다시 말하라!"

염화마군 철륵의 눈에서 불꽃이 일어났다. 그 불꽃이 순식간에 그의 몸을 휘 감쌌다.

그러자 궁막해가 지친 몸을 오체투지하면서 말했다.

"실패했습니다."

"실패……! 참 오랜만에 다시 듣는 말이군. 불의 성에서 패퇴할 때 들었던 그 말을 다시 듣게 되다니… 정말 우울하구나."

"죽여주십시오! 마군!"

궁막해가 소리쳤다.

"너 하나 죽여서 뭘 하겠는가? 쓸모 있는 자는 겨우 셋인데……. 그런데 실망은 실망이야. 도주를 했다고?"

"그, 그렇습니다. 하나 살고자 한 일은 아닙니다. 단지 그자에 대해 마군께 말씀드려야 할 것 같아서……."

"탓하는 게 아니다. 너마저 죽는다면 쓸쓸한 일이지. 단지 그자의 힘이 널 도주하게 만들었다는 것이 뜻밖이라서 하는 말이다."

"그자… 신혈의 피를 지닌 자였습니다."

"역시 그렇군. 그럼 검은 사자 중 살아남은 잔가?"

"그것이… 그러기에는 너무 젊었습니다."

"신혈은 나이를 가늠키 어렵게 만들지."

"신혈에 의해 나이가 가려진 것은 아니었습니다."

궁막해가 말했다.

"그래? 그렇다면 이상하군. 그동안 조사한 바에 의하면 그런 힘을 지닌 신혈족이 존재하기 어려운 일인데. 설혹 그자가 검은 사자들의 후손이라 해도 그 나이에 그댈 도주하게 만들 수는 없는 일이고……."

"그를 경계하셔야 합니다."

"변수군. 북두회만 제압하면 될 거라 생각했는데… 역시 이 땅의 무림이란 곳이 만만치는 않아. 어쩔 수 없군. 다시 그를 깨워야겠어."

염화마군 철특이 자리에서 일어났다. 그러자 그의 몸을 감싸고 있는 붉은 기운들이 피처럼 뚝뚝 떨어져 내렸다.

철특이 그 상태로 태사의 뒤쪽으로 걸어갔다. 그러자 어두운 대전 북쪽 벽이 소리 없이 열렸다.

제3장
염화마군 철륵

보랏빛 자수정이 은은하게 석실을 밝혔다. 동굴 안쪽은 한겨울처럼 냉기가 흘렀다.

사람의 몸을 자연스레 움츠러들게 만드는 그 냉기를 뚫고 염화마군 철륵이 조심스레 걸음을 옮겼다. 평소와는 다른 모습. 천하를 호령할 것 같은 그에게도 조심해야 하는 일이 있다는 것이 신기할 정도였다.

그렇게 자수정의 동굴을 걷던 철륵 앞에 제법 너른 석실이 모습을 드러냈다. 그리고 그 곳에 아홉 개의 청옥관이 놓여 있었다.

"소주를 뵈오!"

철륵이 아홉 개의 관 중 가장 안쪽에 있는 관을 향해 정중하게 포권을 해 보였다.

그러나 관 속에선 아무런 반응이 없다. 하긴 살아 있는 사람이 관에 누워 있을 리 없었다. 그러니 철륵의 인사는 어쩌면 죽은 자에 대한 예의 같은 것일 수도 있었다.

철륵이 아홉 개의 관을 하나하나 살피며 좀 더 석실 안쪽으로 걸어갔다. 그러고는 그가 인사를 했던 가장 안쪽 관을 내려다봤다.

기이한 관이다.

투명한 수정으로 만든 관은 그 안의 사정을 온전하게 보여주고 있었다.

철륵이 눈길을 준 관 안에는 앳된 청년이 누워 있었다. 그 나이나 모습으로 보면 철륵과 같은 절대마인이 주인으로 모실 자는 아닌 듯 보였으나 철륵은 관 안의 청년을 무척 조심스럽게 대했다.

"소주, 조금 더 기다리셔야겠습니다. 하지만 약속드리지요. 내 반드시 소주를 깨워 이 땅에 새로운 신화지왕(神火地王)의 왕국을 건설하겠습니다. 나 철륵이 맹세합니다."

말끝에 철륵의 눈에서 불꽃이 일었다. 타고난 사명에 자신의 모든 것을 태워 버릴 수 있는 자의 눈빛이다.

철륵이 잠시 관 속의 청년을 응시하다 걸음을 옮겼다. 그의 손이 청년의 관 아래쪽으로 나란히 놓인 관들을 쓸었다.

"형제들… 언제나 깨어날 것인가? 그대들이 잠들어 있는 시간이 길어지면 길어질수록 우리의 꿈도 멀어지게 될 것인데……."

다른 관을 만지며 내뱉은 철륵의 말투는 청년의 관을 만질 때와는 사뭇 다르다. 힘겨움이 느껴지는 음성이다.

그러던 그의 움직임이 한순간 멈췄다. 그의 시선이 마지막 관에 머물렀다.

그 관 역시 투명한 뚜껑을 가지고 있었는데 그 안에 든 자의 모습이 다른 자들과 조금 달랐다.

마른 듯 보이는 초로의 노인. 검은 옷을 입은 모습은 무척 왜소해서 철륵이나 관 속의 청년 등과는 전혀 다른 느낌이다.

마치 거인과 난장이처럼 비교되는 관 속의 노인을 응시하던 철륵이 무겁게 입을 열었다.

"모악, 그대는 우리에게 무슨 짓을 한 것인가? 그대가 말한 모든 것을 행했지만 결국 성은 멸하고, 소주와 형제들은 영원한 잠에 빠졌다. 살아남은 우리 네 사람으론 무림이란 곳을 평정할 수 없어. 후욱… 당신의 그 간교함을 믿은 것이 우리의 실수였을까? 그러나 난 또 그대를 깨울 수밖에 없구나."

스릉

철륵이 도를 빼 들었다. 그러자 그의 도에서 붉은 기운이 넘실거렸다. 마치 방금 전 용광로에서 빼낸 칼 같았다.

지잉!

철륵이 붉은 도로 노인이 들어 있는 관의 뚜껑을 밀었다. 그러자 수정으로 만들어진 관 뚜껑이 미끄러지듯 밀려 나갔다.

관이 열리자 노인의 얼굴이 좀 더 명확하게 드러났다. 가는 눈, 가는 입술… 전형적인 모사꾼의 모습이다. 깊은 잠 속에서도 입꼬리가 말려 올라간 것은 세상을 조롱하는 자의 오만일 것이다.

"깨어나라!"

철륵이 붉은 도를 노인의 심장 부근에 댔다. 순간 도가 닿은 부분이 붉게 변하기 시작했다.

한순간에 관 속 노인의 얼굴에 화기가 돌았다. 그리고 가장 먼저 그의 손이 꿈틀거렸다.

이어 코를 통해 가는 숨이 새어 나왔다. 입꼬리가 움직였으며 가장 늦게 눈이 열렸다.

"마군······."

노인이 미소를 지으며 철륵을 불렀다.

"통쾌한가?"

철륵이 물었다.

"나쁘지는 않구려."

노인이 대답했다.

"한 시진이다."

철륵이 말했다.

"그 안에 마군이 원하는 바를 모두 얻어 가시길 바라오."

노인이 미소를 지었다. 철륵의 눈썹이 꿈틀거렸다.

"조심해야 할 거다. 말 한마디 허투루 나오면 그대는 영원히 죽는다."

"내가 죽으면 그대들도 살 수 없소."

"그대가 없다고 우리가 죽지는 않는다."

"후후, 과연 그러하시겠소? 내가 없이 과연 그를 상대할 수 있으시겠소."

"명월문의 법황 말이냐?"

"그는 이미 지왕종문을 주시하고 있을 것이오."

"욕심을 부리지 않으면 그는 나서지 않을 거라 하지 않았나?"

"킬킬… 그런데 과연 그럴 수 있으시겠소? 문을 열고 싶은 욕망을 억제할 수 있겠소? 그렇다면 비루하게 목숨을 연명하며 숨어 사는 것도 나쁘지는 않지. 컥!"

한순간 관 속 노인이 숨이 막힌 듯 헛구역질을 해댔다. 철륵의 손이 그의 멱살을 움켜쥐었기 때문이다.

"감히 날 모욕하느냐? 겨우 배신자 주제에……."

"쿨럭쿨럭… 날 끌어들인 것은 바로 마군이셨소. 마군만 아니었다면 난 여전히 현월문의 수행자로 살고 있었겠지. 그 한 번의 선택이… 아! 제길! 이 모든 것이 마군 당신에게서 시작되었음을 부인하겠다는 거요?"

노인이 철륵을 노려봤다. 지금까지와는 너무 다른 눈빛이다. 원독이 가득하다.

"젠장!"

철륵이 잡았던 멱살을 놓으며 노인을 내던지듯 관 속에 밀어 넣었다.

쿵!

"윽!"

노인이 고통에 얼굴을 찌푸렸다. 그러자 그 모습을 보며 철 륵이 말했다.

"법사는 내가 아니었어도 수행자 노릇을 포기했을 거야. 왜 냐하면 그대의 심장은 욕망의 피로 가득 차 있거든. 아닌가?"

"킬킬킬… 맞소, 맞아. 사실 우리 두 사람은 누가 누굴 원망 할 상황은 아니지. 그러니 이제 당면한 문제나 해결해 봅시다. 그동안 있었던 일을 말해주시오."

노인의 말에 철륵도 흥분을 가라앉히고 관 위에 걸터앉아 그간의 일을 말하기 시작했다.

자수정으로 빛나는 석실은 시간조차 모호하게 흘러갔다. 밖 의 사정을 알 수 없으니 얼마나 많은 시간이 흘렀는지는 가늠 할 수 없었다.

그러나 그렇다고 시간이 멈춰진 것은 아니다. 노인의 상태가 시간의 흐름을 말해주고 있었다.

노인의 호흡이 점점 짧아지기 시작했다. 마치 곧 숨넘어갈 백 살 노인과 같은 모습이었다.

"그러니 결국… 그들을 찾아야 한다는 거군."

"그렇소. 오직 천의비문만이 소주와 마군의 사람들을 자유롭 게 해줄 수 있을 거요."

노인이 철륵에게 말했다.

"젠장, 겨우 꼬리를 잡았었는데 한 걸음 늦었지. 살던 산봉우 리에서 씻은 듯이 사라졌으니……."

"어쨌거나 가급적 현 상태를 유지하면서 그들의 종적을 찾으시오."

"북두회를 공격하지 말라는 건가?"

"작은 싸움은 괜찮으나 전면전은 안 되오. 후욱… 후욱!"

"전력으로도 부족하긴 하지."

"북두회를 무너뜨리기 가장 좋은 방법은 그들을 분열시키는 것이오. 혈마련과 천마맹은 충분히 가능한 일일 거요. 전면전은 그 이후에나 가능할 거요."

"정말 법황이 움직이지 않을 것 같나?"

철륵이 물었다.

"그는 천기자와 밀교의 문에 대한 관심만 보이지 않는다면 움직이지 않을 가능성이 많소. 현월문이 그러하듯이……."

"음… 그간 알아본 바에 의하면 북두회를 움직이는 자가 월문과 관계가 있는 듯 보이던데……."

"묵안노 마한 말이오?"

"음."

철륵이 고개를 끄떡였다.

"모호한 존재요."

"죽여 버리면 편하겠는데……."

"월문과 관계가 있다면 마한이 죽는 순간 그가 나설 거요."

"제길!"

철륵이 울화통을 터뜨렸다.

"나쁜 쪽으로만 생각지는 마시오. 묵안노라는 자가 있어서 그가 움직이지 않는다고 생각하면 나쁜 것만도 아니지 않소?"

"정말… 법사의 생각에 내가 그의 상대가 되지 못하겠나?"

철륵이 어느 때보다도 진지하게 물었다.

"현월문의 문주를 상대해 이길 수 있으시오?"

"음……."

철륵이 대답을 침묵으로 대신했다.

"현월문과 명월문은 같은 뿌리에서 나온 가지들이오. 무엇이 다르겠소. 그를 상대하는 방법은 내가 말한 것 말고는 없소. 힘을 길러 무림을 장악한 후 한순간에 무림의 모든 전력을 기울여 그를 제압하는 것이오. 그를 홀로 상대하겠다는 것은… 무모한 일이오. 그는 결코 무공으로 상대할 사람이 아니오."

노인의 말에 철륵이 불쾌한 표정을 지었으나 달리 반박하지는 않았다. 대신 다른 질문을 던졌다.

"십자성주에 대한 생각은 어떠한가?"

철륵의 물음에 이번에는 노인이 눈살을 찌푸렸다.

"그에 대한 정보가 너무 없소."

노인이 대답했다.

"대책이 없다는 소린가?"

"지금 상태로는 무책이 상책이오."

"말장난을 할 기분은 아니군."

"그를 건들지 말라는 말이오."

"검벽을 포기하란 말인가?"

"어쩔 수 없는 일이오."

"그럴 수는 없어. 그 땅이야말로 우리 지왕일족의 힘을 제대로 깨워낼 수 있는 최고의 직지. 지혈이 흐르는 땅을 어떻게 쉽게 포기하겠는가? 검벽을 차지하고 천의비문의 의원들을 잡아들이면 소주를 쉽게 깨울 수 있거늘……."

"다른 곳을 찾아보시오."

노인이 냉정하게 말했다.

"그대와도 관련이 있는 일이다."

"후후, 나와 관련 없소."

"천의비문의 의원만 있으면 된다는 거군. 그러나 내 생각은 달라. 만약 누군가를 깨울 수 있다면 난 그대를 가장 늦게 회복시킬 거다. 그러니… 그대와 관계가 없는 것이 아니지."

철륵이 냉정하게 말했다.

"그래도 상관없소. 모호한 자는 상대하지 않는 것이 좋소. 이러니저러니 해도 결국 싸움은 북두회와 해야 하니까. 그러니 날 늦게 깨워도 상관없으니 필요하다면 다른 땅을 찾으시오."

노인의 말에 철륵이 의아한 표정을 지으며 말했다.

"이상한 일이군. 그를 알지도 못하면서 왜 그렇게 그를 경계하지?"

"모르기 때문이오. 나 같은 사람에겐 정체를 모르는 사람이 가장 위험한 자요. 그리고… 예감이 좋지 않소."

"예감이라……."

"그에 대한 이야기를 마군께 듣는 순간 뭐랄까… 건드리면 안 될 것 같은 느낌이 들었소. 그러니……."

"후후, 법사께서 다시 월문의 수행자 노릇을 해보겠다는 건가?"

"후우… 좋도록 생각하시오. 결정은 결국 마군이 하는 것이니까. 아… 이젠 정말 더 이상 버틸 수 없구려. 자야겠소. 안그러면 내 심장이 터지고 말 것 같소."

"그러든지. 아무튼… 다음에 다시 깨울 거란 약속은 못하겠군."

"후후후, 아마도 반드시 날 다시 깨우게 될 거요. 무림천하는 몰라도 월문 법황을 상대하는 일이 그리 녹록한 일은 아닐 것이니… 그럼 무운을 빌겠소, 마군!"

그 말을 끝으로 노인이 거짓말처럼 잠들었다. 마치 영원히 깨어나지 않을 사람처럼……

철특이 검을 들어 관 뚜껑을 닫았다.

"육감이라… 월문 수행자들의 육감이 무섭기는 하지. 그러나법사! 나 철특이 겨우 육감 따위에 겁을 먹고 적을 피할 사람은 아니란 걸 모르는가?"

철렁!

관 문이 완전히 닫혔다. 그리고 석실엔 다시 침묵이 찾아왔다. 철특이 석실을 한번 주욱 돌아보고는 문을 벗어났다.

*   *   *

노인은 안개 속에 우뚝 솟은 성의 망루를 바라보고 있었다.

길은 끝없이 계속될 것 같았다. 산허리를 돌아 나가면 다시 또 다른 산이 앞을 막는 형국이었다.

어쩌다가 능선을 넘을 때면 먼 숲이 한눈에 들어오는 경우도 있었다. 그때 보이는 숲은 안개의 구름이 바다처럼 펼쳐진 땅이었다.

"후욱!"

노인이 길게 한숨을 내쉬었다.

그때 마차 문이 열렸다. 그리고 이제는 익숙한 얼굴이 마차 안으로 들어왔다.

"잘 쉬었소?"

마차 안으로 들어온 적풍이 물었다. 그러자 얼마 전까지만 해도 지왕종문의 총관으로서 세상을 집어삼킬 욕망에 빠져 있던 하근이 대답했다.

"좋은 구경 하고 있소."

"실망하지 않았소?"

적풍의 말투가 변했다. 처음 하근을 추궁할 때와는 확연히 달라진 말투다. 마치 만인뇌 하근의 옛 명성을 다시 인정해 주는 듯한 말투다. 이 변화는 그간 두 사람이 제법 친숙해졌다는 의미일 것이다.

"실망이라니. 놀라울 따름이오. 대체 어떻게 이런 진을 만들어낸 것이오? 사람들이 날 만인뇌라 부르지만 나로서도 도저히 종잡기 힘든 절진이오. 십자성에 대단한 진법가가 있는 모양이구려."

"재주 많은 사람들이 제법 있긴 하오."

"이건 보통 재주로 되는 일이 아니오. 참으로 알 수 없구려. 내 머릿속에는 천하의 모든 인물이 기억되어 있는데 이런 절진을 만들어낼 만한 사람은 쉽게 떠오르지 않소."

하근이 고개를 저으며 말했다.

"지왕종문의 대혈산이나 북두회의 화령산 모두 천고의 절진이 보호하고 있지 않소?"

"그렇다 한들 이곳에 비하겠소? 그런데 이 진의 이름이 뭐요?"

"미류진(謎流陣)이라 하더구려."

"미류진이라… 하! 정말 어울리는 이름이군. 수수께끼가 연이어 이어지는 형국이라……."

하근이 혼잣말을 했다.

"들어보지 못했소?"

적풍이 물었다.

"좌절감이 드는구려. 모르는 진이오. 세상은 넓고 기인이사가 모래알처럼 많다더니……."

하근이 우울한 표정으로 중얼거렸다. 천하에 모르는 것이 없다고 자부하던 그의 자존심이 크게 상한 듯한 표정이다.

적풍이 그런 하근을 잠시 바라보다 다시 물었다.

"진법 이야기는 그쯤 하고… 그러니까 염화마군 철특을 만난 것은 그대의 초옥에서였단 말이구려?"

"그렇소. 당시 그는 세 명의 수하를 데리고 날 찾아왔었소.

그중 한 명이 그대가 상대했던 궁막해요."

"그들 단 넷이었소?"

적풍이 다시 물었다.

"그렇소."

"그럼 그들이 항주금가를 공격한 거요?"

"그렇다고 들었소."

"하지만 당시 항주금가를 공격한 자가 십여 명이 넘었다고
했는데……?"

적풍이 고개를 갸웃했다.

"당시 항주금가를 공격했던 마군의 동료들은 성주가 알고 있
는 정도의 숫자가 맞소. 그러나 그 일이 끝난 후 그들 중 대부
분이 잠들었소."

"잠들다니 그건 또 무슨 소리요?"

적풍이 의아한 얼굴로 물었다.

"그 일에 대해선 나도 정확히 알지 못하오. 염화마군은 그 일
에 대해서만은 나를 신뢰하지 않았소. 단지 그들을 대혈산 후
면 비동에 은밀히 머물게 하고 그들을 치료할 의원을 찾고 있
소."

"이상한 일이구려. 분명 항주금가를 공격했을 때 금가의 무
인들은 일방적으로 그들에게 당한 것으로 알려졌는데 부상이
라니……."

"어쩌면 그들은 항주금가를 공격하기 전부터 부상을 당한
상태였는지도 모르겠소. 그곳에서 최후의 힘을 쓰고 쓰러진

것일 수도 있소. 그들이 항주금가에서 가져온 것이 뭔지 아시오?"

"그들이 어떤 물건을 취하고자 항주금가를 공격했단 것이오?"

새로운 사실이다. 적풍이 알지 못했던 일들이 하근의 입을 통해 전해지고 있었다.

"그렇소. 그들은 항주금가에서 신동초라는 영약을 취했는데 애초에 그게 목적이었던 것 같소."

"신동초라……."

"세상에 잘 알려지지 않은 약초요. 잘못 쓰면 극독이 되기도 하오. 워낙 강한 기운을 가지고 있어서 혈맥이 막힌 자에게 쓰는 것인데 제대로 쓰면 백이면 백, 맥을 뚫고 회춘할 수 있는 영약으로 알려져 있소."

"그게 항주금가가 멸문한 이유라는 거요?"

"확신할 수는 없지만 내가 보기엔 그렇소. 그 약초를 취했다는 것은 곧 그들이 항주금가를 공격하기 전에 이미 큰 내상을 입고 있었다는 뜻이 되오."

"그래서 금가를 공격한 후에는 염화마군 일행 중 일부가 비밀 석실에 은거했다?"

"내 생각은 그러한데… 석실에 들어가 본 것은 아니니 나로서도 확신할 수는 없소."

하근이 말했다.

그러자 적풍이 잠시 침묵을 지키다가 물었다.

"그럼 지금의 지왕종문 세력은 염화마군과 그의 수하 셋이 만든 거란 말이오? 그게 가능한 일이오?"

단 넷이서 어떻게 북두회와 대적할 만한 세력을 만들 수 있단 말인가? 누구도 믿을 수 없는 일이다.

"그들 넷이 아니라 다섯이오."

"……?"

"나도 있었다는 말이오."

"그대가 뛰어난 사람이란 것은 알지만……."

적풍이 말꼬리를 흐렸다. 그렇다 한들 어찌 십 년이 안 되는 시간에 그런 막강한 세력을 일굴 수 있단 말인가.

"생각보다 난 무척 재주가 있는 사람이오."

하근이 실소를 흘리며 말했다.

"어떻게 세력을 모았소?"

적풍이 듣기 전에는 믿지 못하겠다는 듯 물었다.

"사실 그렇게 어려운 일도 아니었소. 난 세상이 주목하지 않는 문파들에 주목했소. 그들 중에는 놀랄 만한 실력과 세력을 지닌 문파가 많소. 어둠 속에서 야망을 꿈꾸는 자들, 그들 중에서도 특히나 북두회에 적대적인 문파들을 골랐소. 그리고 그들의 주인에게 염화마군을 데려갔소. 그것으로 일은 끝났소. 사실 무척 간단한 일이었소."

하근이 말했다.

"그런 자들이 순순히 지왕종문에게 복속했단 말이오?"

적풍이 되물었다.

"정확히는 지왕종문이 아니라 염화마군에게 복종한 것이오. 일단 그를 만난 자들은 누구라도 그를 거부할 수 없었소. 그가 뿜어내는 그 절대적 기운 앞에서는……. 그리고 그에게 절대적 공포심을 가진 자들을 설득하는 것은 그리 어려운 일이 아니었소."

하근의 말에 적풍이 고개를 끄떡였다. 공포와 욕망, 이것이야말로 사람의 마음을 움직이는 가장 중요한 요인이 아니던가. 십자성 역시 그것들을 이용해 이 년이 채 안 되는 시간에 북두회나 지왕종문 사이에서 균형을 잡을 수 있는 세력이 되지 않았던가.

"설득은 당신의 몫이었겠구려."

"그렇소. 만인뇌의 명성은 그런 일에 아주 적당한 것이니까."

하근이 대답했다.

"그래서 어떤 자들이 모였소?"

"귀도문, 백인살문, 흑룡채, 미환궁… 등등 해서 열다섯 개의 문파를 모았소. 그렇게 모아놓고 나니 쓸 만한 고수의 숫자가 일천이 넘고, 오합지졸까지 합치면 수천에 이르는 자들을 부릴 수 있게 되었소."

"그래도 여전히 북두회에게는 부족하겠군."

"맞소. 지금 세상이 지왕종문을 북두회에 필적하는 세력으로 생각하는 것은 아마도 염화마군의 그 절대적 마명(魔名) 때문일 거요. 그에 대한 두려움이 지왕종문을 실제보다 더 대단한 세력으로 믿게 만드는 것이오."

"세상이 그렇게 믿게 만든 것도 역시 당신 작품이오?"

"물론 그렇소."

"당신이 빠진 지왕종문, 버틸 수 있겠소?"

적풍이 물었다.

하근의 말로 지왕종문이 지금처럼 강력한 세력으로 부상한 데는 그의 역할이 절대적이었음을 알 수 있었기 때문이었다.

"물론 약간의 혼란은 있을 것이오. 그러나 그렇다고 지왕종 문이 무너지지는 않을 거요. 그를 따르는 삼장은 특별한 능력을 지닌 자들이오. 무공도 무공이지만 그중 제일장인 탐모라는 자는 지략이 무척 뛰어난 자였소. 그래서 그가 달리 지의장이 라고 불리기도 하오."

"그런데 그런 자가 있었다면 애초에 당신을 찾지 않았을 텐데?"

적풍이 하근의 말을 반박했다.

"그렇지가 않소. 초기 지왕종문의 세력을 키워갈 때에는 분명 내가 필요했소. 달리 말하면 만인뇌란 이름이 가지는 상징성이 필요했던 거요. 하지만 지금은 그렇지 않소. 지왕종문에 복속한 문파들은 이제 내가 없어도 완전히 염화마군의 수족이 되었으니까 말이오."

"흐음… 그럼에도 불구하고 그는 제법 타격을 입을 거요. 이유는 하나, 여전히 당신만큼 무림을 세세하게 헤집어 볼 사람이 없으니까."

"그렇기는 하지만 그건 약간의 불편일 뿐이오."

하근이 대답했다.

"그것만이 아니오. 북두회와 싸우는 데 있어서 당신만큼 세밀한 전략을 짤 수 있는 자는 없을 거요. 그래서 그들은 아마 당분간은 북두회에 대한 도발을 자제하게 될 거요. 그런데 달리던 말이 갑자기 멈추면 아무래도 여러 가지 문제가 생기는 법이 아니겠소?"

적풍이 한 줄기 미소를 지으며 말했다. 그러자 하근이 잠시 적풍을 바라보다가 입을 열었다.

"성주는 생각보다 무척 세심한 사람이시구려. 성주 말이 맞소. 그들이 멈춘다면 글쎄… 어쩌면 북두회의 반격을 받을 수 있을지도 모르겠구려."

"그럼 그는 어떤 선택을 할 것 같소? 전면전? 아니면 후퇴?"

"당장 싸우지는 않을 거요. 그는 아마도 천의비문을 찾는 데 모든 힘을 쏟아부을 거요."

하근의 말에 적풍의 뜻밖이라는 표정을 지었다.

"갑자기 왜 천의비문이오?"

"그가 날 데려와서 한 일을 보면 크게 두 가지라고 할 수 있소. 하나는 북두회에 반감을 가진 문파들을 끌어모아 지왕종문의 세를 불리는 일, 두 번째는 바로 은밀히 천의비문의 종적을 찾는 일이었소."

"이유가 뭐요?"

"그야 당연히 그들의 의술 때문이 아니겠소? 두 가지를 생각할 수 있소. 하나는 비동에 들어 있는 자들을 치료하기 위함이고, 둘째는… 어쩌면 이건 확실치 않지만 그는 제이의 검은 사자들을 탄생시키려 하는지도 모르겠소."

"검은 사자라……."

적풍이 자신도 모르게 눈을 감았다. 검은 사자란 말이 적풍에겐 질긴 과거의 업처럼 느껴진다.

"시간이 흐르면서 난 분명히 알게 됐소. 마군이 내가 알지 못하는 일들을 진행하고 있다는 것을 말이오. 나로서는 당연히 궁금한 일이 아닐 수 없었소. 또 약간의 배신감 같은 것도 느꼈소. 그래서 그 일에 대해 조심스레 알아봤소. 물론 사람을 부릴 수는 없는 일이라 무척 신중해야 했소."

"그래서 알아낸 것이 검은 사자들을 부활시키려 한다는 것이오?"

"확신은 아니오. 단지 그가 이골마족을 찾는다는 것은 확인했소. 알지 모르겠지만 과거 전마가 이끌던 검은 사자는 모두 이골마족이란 특별한 체질을 타고 태어난 자들이었소. 이는 강호의 비사로서 그 실체를 자세히 아는 사람은 강호에 극히 드물다오. 마군은 바로 그들을 찾고 있었소. 하지만 성과는 대단치 않은 것 같더구려. 이골마족은… 사실 그간 북두회에서 워낙 매몰차게 제거해 왔기 때문에……."

하근의 말을 들으며 적풍의 표정이 차갑게 굳었다. 세상에 알려지지 않은 이골마족이지만, 그 존재를 아는 자들은 하나같이 이골마족을 죽여야 할 악귀거나 혹은 자신의 뜻대로 이용할 야수처럼 생각하고 있기 때문이었다.

"당신은 생각보다 이골마족에 대해 잘 아는구려."

적풍은 하근에게 물었다.

"사람들이 날 만인뇌라 부르는 것은 다 이유가 있지 않겠소?"

"이골마족에 대한 당신의 생각은 어떻소?"

적풍이 물었다.

"글쎄… 사람들은 어떻게 생각할지 모르지만 난 사실 그들이 그리 대단하다고는 생각지 않소. 그들은 그저 조금 특별한 사람일 뿐이오. 물론 그들이 하나의 세력을 형성한다면 무림에 큰 위협이 되겠지만 내가 알기로 그런 일은 오직 한 번, 검은 사자들의 시간밖에 없었소."

하근이 별일 아니라는 듯이 말했다. 확실히 지모로써 세상을 요리하는 자들에겐 이골마족이 특별한 존재가 아닌 모양이었다.

하근의 대답을 듣자 적풍은 하근에 대한 적대감이 한결 누그러지는 것을 느꼈다. 아마도 그가 이골마족을 괴수가 아닌 조금 특이한 사람 정도로 생각하기 때문이었을 것이다.

"그래서 천의비문을 찾는 일은 어찌 되었소?"

"그것이 참 이상하더구려. 꼭 그들의 꼬리를 잡았다 생각하면 사라져 버리고 그런 일이 반복되더니 어쨌거나 결국 그들의 본거지를 찾긴 찾았소. 이름 모를 산봉우리에 놀라운 터전을 만들고 살고 있었소."

"그들을 지왕종문으로 데려갔소?"

"아니오. 그럴 수 없었소. 우리가 그들을 찾았을 때는 이미 그들이 사라진 후였소."

"다른 곳으로 떠났다는 말이구려."

"그렇소. 아마 염화마군은 북두회와의 싸움이 고착되면 천의 비문을 찾는 일에 매진하게 될 거요. 그래야만 그는 온전한 자신의 힘을 가지게 될 것이기 때문이오. 석동에 든 자들을 회복시키고 새로운 검은 사자를 만들어낼 수 있다면… 무림은 결국 그의 손에 들어가게 될 것이오."

하근이 확신하듯 말했다.

"쉬시오."

적풍이 갑자기 자리를 털고 일어났다.

"이게 끝이오?"

"내일 다시 합시다."

"후후, 좋도록 하시오. 이것도 나쁘지 않군. 포로 신세가 이렇게 편하다니."

"다행이구려. 적성에 맞는다니. 내일 봅시다."

적풍이 마차 문을 열고 밖으로 사라졌다. 그러자 하근이 눈을 가늘게 뜨며 중얼거렸다.

"인연이 있나? 왜 검은 사자들에 대한 이야기가 나왔을 때 민감하게 반응했을까. 흐흠……."

하근이 조용히 눈을 감았다. 그러나 그의 말대로 쉬기 위함은 아닌 듯 보였다. 대신 무엇인가를 깊이 고민하기 위한 것인 듯 보였다.

"우마!"

하근의 마차에서 나온 적풍이 급히 우마를 불렀다. 그러자 우마가 말을 탄 채 바람처럼 적풍에게 달려왔다.

"무슨 일입니까? 형님!"

"천의비문을 찾는 일을 서둘러야겠다."

"그 일이라면 최선을 다하고 있습니다."

"좀 더 속도를 내. 야문에도 그 일에 집중하라고 전하라."

"대체 무슨 일입니까?"

"지왕종문에서도 그들을 노리고 있다."

"천의비문을요?"

"음……."

적풍이 고개를 끄떡였다.

"이유가 뭡니까?"

"염화마군에게 회복시켜야 할 수하들이 있는 모양이야. 그리고 그자가 천의비문의 의술을 이용해 검은 사자들을 다시 만들 생각을 하는 모양이다."

"검은 사자를요?"

우마가 놀란 표정으로 되물었다.

"그래. 그러니까 우리가 먼저 찾아야 해."

"알겠습니다. 그쪽으로 사람을 더 쓰겠습니다."

"천의비문을 찾는 일, 그리고 검벽에 지혈문을 재건하는 일에 매진한다."

"혈궁의 일은……?"

"지혈문이 단단해지면 반드시 오게 되어 있다."

"알겠습니다, 형님!"

우마가 대답했다.

"무풍대주!"

적풍이 이번에는 준갈을 불렀다. 그러자 준갈이 날렵한 움직임으로 적풍에게 다가왔다.

"부르셨습니까?"

"무풍대의 전력 보강은 사부에게 맡기고 다른 일을 해야겠다."

"무슨 일을 말입니까?"

준갈이 긴장한 표정으로 물었다.

지금 십자성에서 무풍대의 전력을 키우는 일은 무척 중요했다. 십자성의 모든 무력의 중심이 무풍대로 모이고 있기 때문이었다.

"은밀히 신혈족을 찾아라!"

"예?"

"생각보다 신혈족을 찾는 자가 많은 것 같아. 지왕종문도 욕심을 내고 있다니……."

"지왕종문이요?"

"그렇다는군. 모두를 구할 수야 없겠지만 손을 놓고 있을 수도 없는 일이지."

"알겠습니다."

"좋아. 원하는 바는 아니지만 무림의 흐름이 천의비문과 신혈족에게로 몰리는 느낌이야. 좋은 일은 아니지. 이럴 때일수록 선수를 쳐야 해."

"알겠습니다."

"우마는 성에 들어가면 빠른 자 삼십여 명만 추려. 살수 일을 했던 자들이면 더 좋고."

"뭐에 쓰시려고요?"

우마가 물었다.

"북두회와 지왕종문의 싸움이 멈추면 안 돼."

"무슨 말인지 알겠습니다. 중간에서 분탕질을 해보지요."

우마가 씩 웃음을 지었다.

"내년 이맘때쯤에는 우리 거점에서 황하를 볼 수 있어야 한다. 그래야 진정한 무림삼분이라 할 수 있다."

"알겠습니다!"

우마와 준갈이 동시에 대답했다.

*   *   *

"역시 오지 않았는가?"

혈왕 종고의 얼굴이 분노로 일그러졌다. 차가운 살기가 장내를 가득 메웠다.

"당장 그들을 쳐야 합니다."

혈궁의 삼대 부궁주 중 제이부궁주인 일중귀가 노기를 참지 못하고 말했다.

"서둘 일이 아니네."

제일부궁주 석화가 침착한 표정으로 말했다.

"그럼 이대로 참고 있자는 말인가? 그대로 둔다면 혈마련은 해체되고 말 걸세."

일중귀가 따지듯 말했다. 그러자 석화가 냉정하게 말했다.

"안타까운 일이지만 이미 혈마련은 해체되었네."

"말을 조심하게. 궁주님 앞이네!"

일중귀가 소리쳤다.

그러자 침묵하던 혈왕 종고가 손을 들어 두 사람을 제지했다.

"그만들 하게. 일부궁주의 말이 틀리지 않아."

"궁주님!"

"현실을 인정해야 해. 그래야 새 길이 열린다."

혈왕 종고가 냉정하게 말했다.

"그럼 지혈문주도 이대로 떠나보낼 생각이십니까?"

일중귀가 물었다.

"그럴밖에!"

종고가 대답했다.

"다른 자들은 각자의 문파에 틀어박혀 움직이지 않으니 달리 방법이 없다지만 지혈문주는 다르지 않습니까? 제 발로 다시 돌아온 자입니다. 그리고 제 입으로 이제 혈마련을 떠나겠다고 말한 자입니다. 그런 자를 어째서 그냥 돌려보내신다는 겁니까?"

다른 때라면 이런 반발은 절대 용납되지 않을 일이다. 그러
나 지금은 상황이 달랐다. 혈마련이 눈앞에서 흩어지는 모습을
보고 있는 부궁주들의 마음을 종고가 모를 리 없었다.

"그는 그래도 의리가 있으니까."

"의리라니요? 스스로 혈마련을 깨고 떠나겠다는 자에게 어
찌 의리가 있다 하십니까?"

"그가 마지막 인사를 하러 돌아왔다는 것, 그게 바로 그에게
의리가 있다는 의미다. 솔직히 말해 그동안 그가 본 궁에서 받
은 수모를 생각한다면… 일중귀 그대라면 돌아와 작별을 고하
겠는가?"

혈왕 종고가 일중귀에게 물었다. 일중귀는 바로 대답하지 못
했다.

"보통의 사람이라면 그냥 검벽에 눌러앉았겠지. 굳이 이곳에
돌아올 이유가 없으니까. 그러나 그는 돌아왔어. 물론 십자성주
의 말을 전하기 위한 목적도 있다지만 죽을 수도 있는 자리로
돌아왔다. 그런데 어찌 그를 죽이겠는가? 혈마련이 쪼개지는 이
와중에 그래도 그만은 내게 예의를 지켰다고 할 수 있지."

혈왕 종고의 말에 부궁주들이 숙연해졌다. 장내의 침묵이 산
처럼 무거웠다. 누구도 오늘날의 이 상황을 쉽게 인정하기 힘
든 모습들이었다.

혈마련이 어떤 세력이었던가. 천하를 지배하는 세력 중 하나
였고, 그 수장 혈궁은 북두회의 일원이었다. 그런 혈마련이 갈

가리 찢어지고 있었다.

"앞으로 어쩌실 생각이십니까?"

그나마 침착함을 회복한 제일부궁주 석화가 물었다.

"그대의 생각은 어떠한가?"

"지금으로썬 달리 방도가 없습니다. 셋 중 하나를 선택해야
지요."

석화가 대답했다.

"셋 중 하나라. 후우… 어렵군. 삼부궁주 그대가 본 십자성
주는 어떤 사람이었는가?"

혈왕 종고가 지금껏 침묵을 지키고 있던 나융에게 물었다.

"도도하고 거만하며 패도적이었습니다. 자신감이 넘쳤지요."

"그런 자에게 갈 수는 없습니다."

일중귀가 단호하게 말했다.

그러자 나융이 고개를 저으며 다시 입을 열었다.

"그럼에도 불구하고 전 셋 중 하나를 택하라면 십자성을 택
하겠습니다."

"이유는?"

이번에는 종고가 신중하게 물었다.

"북두회는 변하지 않습니다. 남아 있는다면 지금처럼 멸시받
으며 살아야 할 겁니다. 더군다나 혈마련까지 와해된 상황이라
면 더더욱 그렇지요. 지왕종문에 드는 것은 스스로 염화마군
의 노예를 자처하는 일이 될 겁니다. 그가 사람을 부리는 방식
은 보지 않아도 알 수 있습니다. 반면… 십자성주는 오만한 자

이긴 하나, 그 오만은 스스로에 대한 자신감일 뿐입니다. 적어도 자신의 손을 잡은 상대를 존중은 할 것입니다. 그가 지혈문주를 다루는 것을 봤을 때 수모는 당하지 않을 겁니다."

나융의 말에 혈궁주 종고와 다른 두 명의 부궁주가 다시 각자 생각에 잠겼다. 그러다가 석화가 물었다.

"우리가 그를 제압하고 십자성을 장악할 가능성은 있는가?"

"후우… 그것이야말로 처음부터 제가 원했던 바지요. 그래서 십자성에 갔던 것 아닙니까? 그러나 결론은 불가능하다는 것입니다. 십자성은 이미 너무 커버렸습니다. 이젠 그들에게 복속된 문파들을 파악하는 것도 어려울 정도로 말입니다. 그러니… 손을 잡는 것이 나을 겁니다."

"손을 잡는 것이 아니라 굴복하는 것이 아니오?"

일중귀가 투덜거리며 반문했다.

"결국은… 그렇지요. 그러나 북두회나 지왕종문과는 달리 십자성주는 외견상으로 우리에게 어떤 굴종도 요구하지는 않을 겁니다. 혈궁의 독립성도 유지될 것이고……. 그 정도면 만족해야지요."

나융이 차분하게 대답했다.

그러자 혈왕 종고가 자리에서 일어나며 말했다.

"좋아. 그를 만나겠다."

제4장
떠돌던 구름이
한곳으로 모인다

신기하게도 세상일은 어떤 것이라도 그 평가가 항상 두 가지로 나뉘어진다.

아무리 뛰어난 현자(賢者)라도 비난하는 자가 반드시 있으며, 아무리 악독한 자라도 추종하는 무리가 나타나게 마련이다.

십자성도 그러했다.

암흑의 장막 속에 도사리고 있던 십자성이 세상에 그들의 영향력을 확대하기 시작했을 때 세상의 평은 두 가지로 갈렸다.

한쪽은 무림의 대란을 막을 수 있는 균형자로서 십자성의 성장을 환영했고, 다른 한쪽은 무림을 더욱 혼란에 빠뜨릴 세력으로서 십자성을 경계했다.

사실 십자성의 행보가 사람들의 판단을 모호하게 만들기도 했다. 그들은 북두회의 일원인 남궁세가를 공격하는가 하면 지왕종문과 싸워 그들의 절강 진입을 무산시켰다.

남궁세가를 공격한 것은 사파로 판단할 수 있는 반면 지왕종문과 싸운 것은 정파의 인물들에게 칭송받을 행동이었다. 이렇게 정사의 구분이 없는 십자성의 행보는 그래서 사람들을 깊은 혼란에 빠뜨렸다.

그렇게 세상의 평판이 나뉘는 상황에서도 십자성은 계속해서 무림을 향한 행보를 이어 나아갔다.

말 꾸미기 좋아하는 자들은 요 몇 달간 이뤄진 십자성의 비약적인 성장을 떠돌던 구름이 한곳으로 모여든다는 낭만적인 말로 표현하기도 했다.

북두회와 지왕종문의 대치 상황에서 자신들의 안위에 불안감을 느끼던 문파들이 구름 모이듯 십자성에 모여든 현상을 비유한 말이었다.

그런데 십자성을 찾은 부류가 그들만은 아니었다. 야망에 목마른 자들 역시 십자성을 찾아왔다. 덕분에 십자성은 짧은 시간에 강호무림을 지탱하는 세 개의 세력 중 하나로 성장했다.

천하는 바야흐로 북두회와 지왕종문 이패의 시대를 뒤로하고 삼패의 시대로 접어들고 있었던 것이다.

그리고 그런 십자성의 성세에 정점을 찍는 일이 벌어졌다. 그 사건으로 인해 천하는 십자성을 완전히 삼패 중 하나로 인정하게 되었다.

그건 바로 혈마련이 해체되고 그 중심이었던 혈궁이 십자성과 손을 잡은 일이었다.

혈궁의 선택은 강호에 지왕종문의 출현에 비견될 만한 파장을 일으켰다. 그들의 선택이 무림을 삼분의 시대로 규정하는 데 마침표를 찍었고, 무림에 새로운 시대가 도래했음을 증명했다.

십자성은 최대한의 존중으로 혈궁을 맞이했다. 그들은 혈궁주가 십자성까지 오는 수고를 하게 하지 않았다. 오히려 혈궁과 훨씬 가까운 하남성 삼문협에서 양 문파의 회합을 준비했다.

혈왕 종고에 대한 존중, 그리고 혈궁을 맞아들이는 것이 복속이 아니라 동맹을 얻는 일이라는 것을 세상에 알리기엔 부족함이 없는 선택이었다.

십자성과 혈궁의 합작은 북두회와 지왕종문에 속한 문파들을 긴장시켰다.

지금까지 절강과 항주에 한정되었던 십자성이 혈궁과의 동맹을 계기로 드디어 전 무림을 상대로 자신들의 세를 구축하기 시작했기 때문이었다.

뱃길은 생각보다 즐거웠다.

바다처럼 넓지만 바다보다는 부드러운 물결이 편안한 여행의 재미를 더해줬다. 더군다나 그 길이 큰 이득을 취하는 길이어서 더더욱 사람들의 마음을 즐겁게 했다.

"낄낄, 이거 정말 이렇게 될 줄은 생각도 못했는데……."

대발이 연신 실실거리며 웃어댔다.

"그만 좀 해. 체통 없이……."

율사가 눈살을 찌푸리며 대발을 타박했다.

"체통은 제길! 우리가 언제 그런 거 따지고 살았어? 마적질이나 하고 살 던 때가 불과 두어 해 전이라고!"

"그래도 이젠 달라져야지. 자네도 엄연한 십자성 무풍대의 십이조장 중 한 명이 아닌가?"

율사가 진지하게 말했다.

"제길 그거 하나만 마음에 들지 않아."

대발이 투덜댔다.

"무슨 미친 소리야? 무풍대의 조장은 십자성의 모든 문도가 꿈꾸는 자리야!"

"흥, 그럼 다른 사람이나 시키지 왜 날 시켜 가지고……."

"아니, 대체 왜 싫은 거야? 자네 말대로 마적질이나 하던 주제에 얼마나 대단한 감투인데. 다들 조장이 되고 싶어 난리들이야."

"아아, 다른 사람은 모르겠고, 난 싫어. 감투 같은 건 체질에 맞지 않는다고……. 그리고… 젠장, 십이 조에 나보다 무공이 센 자가 두어 명 있단 말이야."

"우두머리가 어디 무공의 고하로 결정되나. 통솔력이 있어야지."

"그러니까 하는 말이야. 나한테 그런 게 있겠어?"

"대발, 자넨 자넬 너무 몰라. 십이 조의 사람들이 자넬 좋아하는 걸 정말 모르는 거냐?"

"날 좋아한다고?"

대발의 놀란 표정으로 물었다.

"그래. 자네에겐 사람을 편하게 하는 재주가 있어. 그걸 품성이라고 해야 하나? 십이 조에서 무공이 자네보다 강하다고 하는 자들이 아무런 반발 없이 자넬 조장으로 받아들인 것은 바로 그런 성품 때문이야. 그러니까 그들을 부담스러워하지 말라고."

"젠장, 그래도 난 싫어. 난 술 마시고 노는 게 좋은데 조장이 되니 그럴 수가 없잖아!"

대발이 다시 투덜거렸다.

"그럼 좀 전에 실실대며 좋아하던 건 뭐냐?"

율사가 따지듯 물었다.

"아, 그건 다른 얘기지. 우리가 초원을 떠날 때 비록 말은 군림천하를 꿈꾼다고 했지만 설마 그게 정말 실현되리라고 믿지는 않았잖아?"

"그렇긴 하지."

율사가 고개를 끄떡였다.

"그런데 주군을 따라 어어 하다 보니 일이 정말 그렇게 되어가고 있잖아? 설마 혈궁이 우리에게 머리를 숙일지 누가 알았겠어?"

"그러게 말이야. 그건 나도 참 신기해. 물론 주군이 생각보다 훨씬 대단한 사람이긴 하지만……."

"그래서 웃음이 나오는 거야. 마적질이나 하던 우리가 군림천하라니. 낄낄, 생각해 보면 우스운 일이잖아?"

"이럴 때일수록 조심해. 대주 욕먹이지 말고."

"에이, 나도 생각이 있는데 그럴 리야 있겠어? 그나저나 대주는 이제 참 무서운 사람이 됐어."

문득 대발이 고개를 돌려 배 선수에서 적풍과 함께 서 있는 준갈을 보며 말했다.

"확실히 그렇지? 역시 피는 속일 수 없는 건가?"

"그 신혈……."

"쉿!"

율사가 재빨리 손가락을 입으로 가져가 대발의 말을 막았다.

"아차차!"

대발이 자신의 실수를 깨닫고는 얼른 손으로 입을 막는다.

"조심해. 낮말은 새가 듣고 밤말은 쥐가 듣는다고 했어."

"알았어, 알았어. 아무튼 말이야, 대단한 혈통은 대단한 혈통인가 봐."

"그러게 말이다. 최근에는 대주의 무공이 태상호법님들을 능가할 거란 말도 돌더라고."

십자성의 태상호법이라면 유령마군 사혼과 흑사회의 부회주였던 마도충을 일컫는다.

두 사람은 십자성이 탄생한 이후 전면에 나서지 않고 은거해 적풍과 우마의 뒤에서 남모르게 조언을 하거나 혹은 태산대를 좀 더 단단한 조직으로 만드는 일에 집중하고 있었다.

그런데 외려 그런 두 사람의 행보가 그들의 명성에 도움이 됐다.

십자성의 문도들은 두 사람이 과거 흑사회의 절대 마두였다는 것을 금세 잊었다. 대신 두 사람은 어느새 십자성의 태상호법으로서 문도들에게 신비로운 존재로 인식되고 있었던 것이다.

그 때문인지 처음에는 뒤에 물러나 있는 것을 탐탁지 않게 생각하던 두 사람도 지금에 와서는 그 암중의 신비인 놀이에 제법 만족하고 있는 상태였다.

"지난번에 지왕종문과의 싸움 때문이겠지?"

대발이 물었다.

"음, 그땐 사실 나도 놀랐어. 대주의 무공이 그렇게 대단할 줄은 몰랐거든."

율사가 다시 준갈을 바라봤다.

적풍과 준갈 두 사람의 뒷모습이 마치 산악처럼 강해 보였다.

"이상하지?"

다시 대발이 입을 열었다.

"또 뭐가?"

"저 두 사람을 보고 있으면 왠지 모르게 마음이 놓여. 북두회든 지왕종문이든 모두 박살 낼 것 같거든?"

"그러게… 나도 그런 생각이 들긴 해."

"낄낄, 그건 율사 자네답지 않군. 자넨 모든 일이 머리로 설명돼야 하잖아?"

"무슨 소리. 그랬다면 대주를 따라 여기 왔겠나?"

"하긴… 그 결정만큼은 머리가 아니라 가슴으로 했지. 뭐 이쯤 되면 잘한 결정이지만……?"

"아무튼 배에서 내리면 주위 경계를 소홀히 하지 마."

"설마 누가 성주를 공격할라고? 당금 무림 최강자 중 한 명으로 꼽히는 사람인데."

"북두회나 지왕종문에서 사람을 보낼 수 있어. 사실 그간 성주님은 주로 십자성에 머물렀기에 저들에게 공격할 기회가 없었지. 남궁세가나 검벽으로의 출사는 기습적으로 이뤄진 일이고……. 그런데 이번 출행은 이미 그 목적지가 강호에 알려져 있거든. 저들이 이 기회를 놓칠 거라고 생각해?"

"정말 공격한다고?"

"적어도 시험은 할 거야. 지금 저들에게 가장 궁금한 것은 성주나 십자성의 실제 힘을 알아내는 것이니까."

"성주가… 성질 좀 내겠군."

"받은 것 이상은 돌려주는 사람이니까 그렇겠지. 그리고 어쩌면 성주는 그걸 원하고 있을지도 몰라. 싸울 명분이 서잖아?"

"흐흐, 하기야. 성주도 싸움깨나 좋아하는 사람이지."

대발이 고개를 끄떡였다.

철썩! 철썩!

배에 부딪히는 물결이 강해졌다. 장강의 본류를 벗어나 북쪽으로 이어진 지류를 타기 시작하면서부터 시작된 변화다.

일행은 이 물길을 따라 북쪽으로 이틀을 더 올라왔다. 그리고 강폭이 너무 좁아 더 이상 배가 오를 수 없는 곳에 이르렀다.

"하선을 준비하라!"

준갈이 명을 내렸다. 이쯤에서 배를 내려 삼문협까지 육로로 이동할 계획인 적풍이었다.

준갈의 명에 십자성의 고수들이 빠르게 움직였다. 배에서 뭍으로 이어지는 다리가 만들어지고 적풍과 일행이 배에서 내렸을 때는 언제 준비했는지 수십 필의 말이 일행을 기다리고 있었다.

"성주님을 뵙습니다."

뭍에서 기다리고 있던 중년 사내가 적풍에게 인사를 한다.

"그대가 오선이오?"

"그렇습니다."

중년 사내가 대답했다. 얼굴이 넓고 코가 낮은 것이 잘생긴 얼굴은 아니다. 그러나 또한 모나지도 않아서 푸근한 인상을 주는 자였다.

"덕분에 여행 잘했소."

"편안하셨다니 다행입니다."

"이제부터 동행이오?"

"그렇습니다."

"잘 부탁하오."

"성심껏 모시겠습니다. 가시지요."

사내의 말에 적풍이 고개를 끄떡이고는 사내가 준비한 말에 올랐다. 그러자 그를 따르는 십자성의 고수들이 일제히 말에 올라 육로를 따라 북상하기 시작했다.

일행을 이끄는 사내의 이름은 도진(道進), 야문 십이선 중 오선의 자리에 있는 자였다. 대단한 별호는 따로 없고 그를 잘 아는 사람들은 장강 이무기라 불렀다.

무림에는 거의 알려지지 않은 자인 장강 이무기 도진, 그러나 그는 어부들 사이에선 살아 있는 전설로 여겨졌다. 그의 잠수질은 사람으로선 도저히 이해되지 않을 만큼 뛰어났다. 물속에서 이각 동안 숨을 참을 수 있다는 소문도 돌았다.

그래서 장강의 여러 수채와 강호의 문파들이 그를 데려가려 욕심들을 냈지만 그를 얻는 문파는 없었다. 그런데 그가 언제부터인가 야문의 사람이 되어 있었던 것이다.

그가 왜 무림 거파의 제안을 뿌리치고 야문의 사람이 되었는지는 알 수 없었다.

물론 야문에서도 그를 소홀히 대접하지는 않았다. 야문 오선이란 지위는 공식적으로는 야문에서 문주를 제외하고는 다섯 손가락 안에 드는 위치기 때문이었다.

적풍은 단 며칠 함께하는 것으로 도진의 능력을 체감했다.

도진이 안내하는 길은 보통 사람들이 다니는 길과는 확연히 달랐다. 특히 강이나 협곡을 만났을 때 그의 능력은 감탄하지 않을 수 없었다.

그는 그저 스윽 강줄기를 훑어보는 것으로 수심과 유속을 파악했고, 가장 빠르고 은밀하게 강을 건널 수 있는 지점을 찾아냈다. 만약 누군가 일행의 뒤를 쫓고 있다면 반드시 강과 계곡에 막혀 일행을 놓칠 수밖에 없을 정도였다.

덕분에 일행의 속도는 바람처럼 빨랐다.

배에서 내린 지 채 닷새가 지나기도 전에 일행은 어느새 하남 땅에 들어서고 있었다.

이제 마음먹고 속도를 낸다면 삼문협까지는 한달음이다. 일행은 그 즈음에서 여장을 풀고 삼 일 정도의 휴식을 취하기로 했다. 장강 이무기 덕에 생긴 여유였다.

"바로 삼문협으로 가시는 것이 어떠실는지요?"

황하의 지류가 굽어드는 산허리에 여장을 풀겠다고 했을 때 장강 이무기가 적풍에게 한 말이었다. 그러나 적풍은 도진의 충고를 받아들이는 대신 자신의 생각대로 숙영지를 구축하고 삼 일 동안의 휴식을 명했다.

그런 적풍의 결정을 이해할 수 없었는지 장강 이무기 도진이 결국 그날 저녁 늦게 적풍을 찾아왔다.

적풍이 이른 요기를 하고 홀로 산비탈 아래 강변으로 산보를 나왔을 때였다.

"성주, 잠시 시간을 내어주실 수 있으신지요?"

도진이 불렀을 때 적풍은 내심 감탄했다. 그조차도 도진의 접근을 십여 장 안쪽에 들어섰을 때나 느꼈기 때문이었다.

　"쉬지 않고 무슨 일이오?"

　적풍이 도진을 돌아보며 물었다. 그러자 도진이 적풍 옆으로 다가섰다. 그리고는 신중한 표정으로 물었다.

　"성주, 외람되지만 만약 조금 전에 제가 성주를 기습했다면 어찌 대응하셨겠습니까?"

　"그대를 죽였겠지."

　적풍이 망설이지 않고 대답했다.

　"만약 제가 하나가 아니라 셋이었다면 어떠셨을 것 같습니까?"

　"모두 죽였겠지."

　적풍이 다시 대답했다.

　"그렇다면 열이 넘는 숫자였다면 어떠셨을 것 같습니까?"

　도진이 다시 물었다. 그러자 적풍이 이번에는 대답을 하는 대신 도진을 바라봤다. 그리고는 되물었다.

　"하고 싶은 말을 하시오."

　"기습의 위험이 너무 큰 곳입니다."

　도진이 대답했다.

　"알고 있소. 등 뒤의 숲이나 눈앞의 갈대 무성한 강, 모두 은밀하게 접근하기 좋은 곳이지."

　적풍이 대답했다.

　"그런데 왜 이런 곳에 머무시는 겁니까? 온다면 보통 이상의 자들이 올 겁니다."

"그들을 기다리고 있소."

"예?"

도진이 의아한 표정으로 되물었다.

"온다면 북두회 아니면 지왕종문… 둘 모두 올지도 모르지. 그들이 온다면 혈왕에게 좋은 선물이 아니겠소?"

"너무 위험한 일입니다."

도진이 경직된 표정으로 말했다.

"이 정도 위험을 감수하지 못해서야 영원히 자신의 몸을 감추고 어둠 속에서 살아가야 할 거요."

적풍의 말에 도진의 흠칫한 표정을 짓는다.

"무슨 말씀이신지?"

"신혈의 피를 가지고 있지 않소?"

너무 직접적인 질문에 도진이 당황한 표정을 짓는다.

"나 역시 마찬가지란 말은 어둠의 스승이란 양반에게 들었을 텐데?"

"노야께서 저에 대해 말씀을 하셨습니까?"

도진이 물었다.

"아니, 말하지 않았소. 그래서 기분이 조금 상하기는 했소. 왜 그대에 대해 말하지 않았을까 하고 말이오. 날 믿지 못하는 것은 아닐까란 의심도 들더이다."

"절대 그런 것은 아닙니다. 노야께서 말씀하시길 성주께서만이 저희를 자유롭게 해줄 수 있을 거라 하셨습니다."

"그렇다면 어째서 말해주지 않았을까?"

"그건… 제가 부탁드린 일이었습니다. 그땐 성주를 뵌 적이 없었으니……. 그런데 너무 쉽게 알아보시는군요. 사실 다른 신혈 일족과 달리 전 제 기운을 감추는 데 익숙한 편인데……."

"다른 사람에게는 몰라도 내 눈은 속일 수 없소. 그대의 재주는 신혈의 피가 아니면 불가능한 일이지. 나 역시 어릴 때 바다 깊은 곳에서 자맥질을 하며 신혈의 힘을 깨달았었소."

"그러셨군요."

도진이 고개를 끄떡였다.

"그런데 좀 전에 우리라고 말한 것 같은데 그렇다면 야문에 신혈족이 더 있다는 말이구려."

적풍이 물었다.

"저를 포함해 셋입니다. 아니, 둘이군요. 한 사람은 신혈족이라기엔 무리가 있지요."

도진이 말했다.

"과연 무서운 곳이었군, 야문은……. 아니, 고 노사가 무서운 건가?"

"그렇지가 않습니다. 그들은… 아직 어립니다."

"누구요?"

적풍의 물음에 도진이 잠시 망설였다. 그러다가 한숨을 쉬며 대답했다.

"성주님을 믿습니다. 그러니 말씀드리지요. 야문 십이선 중 십일선과 십이선에 대해 들으셨습니까?"

"자세히는 듣지 못했소. 단지 야문의 위기를 대비한 사람들 이라고 알고 있소."

"맞습니다. 그들은 야문이 멸문지경에 처할 경우 후일을 대 비할 사람들이지요. 그중 한 명은 저와 같은 신혈족입니다. 다 른 한 명은… 노야의 후예지요."

"천기자의 혈통을 이은 사람이란 말이구려."

"그렇습니다."

도진이 대답했다.

"결국 그들을 만나는 순간이 야문, 아니, 고 노사가 온전히 날 믿는 순간이 되는 건가?"

적풍의 말에 도진이 걱정스런 표정으로 물었다.

"여전히 노야를 믿지 못하시는 겁니까?"

"난 사람을 믿지 않소. 드러난 결과를 믿지."

"무슨 말씀인지 알겠습니다. 이번 일이 끝나면 노야께 말씀 드려 보겠습니다. 아무튼 일부러 이곳에 숙영지를 만드신 거란 말씀이군요?"

"그렇소. 북두회와 지왕종문에는 다시 한 번 따끔한 경고를 할 수 있고, 혈왕에겐 좋은 선물을 할 수 있으니 두루두루 좋 은 일 아니겠소?"

"그래도 위험한 일입니다."

도진은 여전히 불안한 모양이었다. 그러자 적풍이 손을 들어 그들의 숙영지를 가리키며 말했다.

"저 모습을 보시오."

"숙영지 말입니까?"

"그렇소. 저 포진을 아시오?"

"설마 숙영지를 진법을 반영하여 만든 것입니까?"

"의외군. 그대가 모르고 있다니."

적풍의 말에 도진이 오히려 이상하다는 표정으로 적풍을 보며 물었다.

"제가 알고 있어야 할 진이라는 뜻입니까?"

"꼭 그런 것은 아니지만… 저 진은 혼류진이란 것이오."

"혼류진……? 처음 들어보는 이름입니다만…….."

"고 노사가 십자성 주위에 펼친 미류진과 함께 알려준 진법이오. 미류진은 거대한 땅을 통제하는 대진(大陣)이고, 혼류진은 전장에서 쓸 수 있는 소진(小陣)이라 하더구려."

"노야께서 주신 진이군요. 그렇다면 믿을 수 있지요."

도진은 안심이 된다는 듯 고개를 끄떡였다. 고력에 대한 그의 믿음은 무척 단단한 듯 보였다.

"저 진이면 그들을 막을 수 있겠소?"

이번에는 적풍이 물었다.

"가능할 것입니다. 기습자들은 숫자가 적을 것이니 기습의 이득을 취하지 못하면 결국 물러날 것입니다. 노야의 진이라면 충분히 기습한 자들의 이득을 빼앗을 수 있겠지요."

"다행이오."

적풍이 아주 오랜만에 얼굴에 미소를 지었다. 신혈의 피를 이은 사람이라고 확인되어서 그럴까. 이상하게도 장강 이무기 도진에게 마음이 가는 적풍이었다.

어쩌면 신혈족이기 때문이 아니라 세심하게 자신의 안위를 걱정하는 그의 마음 때문일지도 몰랐다. 우마와 준갈은 적풍에게 충성을 다하는 심복들이지만, 살아온 이력 때문인지 성정이 과격한 면이 있었다.

그래서 도진의 세심함은 적풍에겐 새로운 경험이었다. 이런 사람을 곁에 두고 싶다는 생각이 들 정도였다.

물론 율사나 쿠샨같이 지모가 출중한 사람들도 있었으나 지모가 출중하다는 것과 세심하다는 것은 다른 이야기였다. 도진의 세심함은 마치 어머니의 자식에 대한 그것과 같은 느낌이었다.

"이제 숙영지로 돌아가시지요. 숙영지에서 제법 멀어졌습니다."

도진으로서는 안전한 숙영지에 적풍이 머물기를 바라는 모양이었다.

"난 그들이 온다면 숙영지에서 만날 생각이 없소. 숙영지에 혼류진을 펼친 것은 성(城)의 식솔들을 지키기 위함이지 날 위한 것은 아니오."

"홀로 적들을 맞으시겠다는 겁니까?'

"그럴 거요."

"굳이 그러실 필요가……?"

"신혈족이니 알 것이오. 우리의 핏속에 참을 수 없는 전사(戰士)의 기운이 흐르고 있다는 것을……."

"그렇기는 하지요. 저도 가끔 그런 충동을 느끼곤 했습니다. 그럴 때는 혼자서라도 북두회를 쳐들어가고 싶을 정도였지요. 하지만 우린 또 그걸 제어할 수 있는 의지가 있지 않습니까? 그렇지 않다면… 저들의 말대로 이골마족, 괴물에 지나지 않겠지요."

"맞소. 나도 참지 못할 정도는 아니오. 하지만 기왕에 걸어오는 싸움을 마다할 생각은 없소."

"그럼 저도 오랜만에 몸 좀 풀어볼까요?"

"그대야말로 숙영지로 돌아가시오. 이 싸움은 내 것이오."

적풍이 욕심을 내듯 말했다.

그러자 도진이 빙그레 미소를 지으며 대답했다.

"그러기에는 이미 너무 늦은 것 같습니다만……."

도진의 말에 적풍이 시선을 돌렸다. 도진이 가만히 손을 들어 유유히 흐르는 강물을 가리켰다.

자세히 보지 않으면 알 수 없는 작은 포말들, 그리고 그 안에 미미하게 비치는 흐릿한 검은 그림자들. 적이 분명했다.

"열?"

적풍이 물었다.

"그쯤 되는군요."

도진이 대답했다.

"일단 물러나 있으시오."

"명을 따르겠습니다."

도진이 적풍에게서 십여 장 뒤로 물러났다. 그러면서도 언제

든 출수할 수 있도록 양손을 허리춤에 가져갔다. 그의 허리춤
에는 양쪽에 짧은 길이의 두 사루 섬이 매여 있었다.

대북두회 호천대 십이 조 조장 범군이 멈췄다.

그러자 그를 따르던 살수들도 물속에서 일제히 움직임을 멈
췄다. 물 위로 내놓은 대롱을 통해 들어오는 공기로는 폐를 모
두 채울 수 없어 가슴이 조여온다.

흐린 물결 너머로 목표물이 보였다. 공격을 시작할 때다. 지
체하면 지체할수록 불리했다. 기습은 빠름이 곧 승부다. 그런
데도 이상하게 망설여졌다.

십 년이다.

북산맹 천룡문이라는 막강한 배경을 지닌 그가 살수로 살아
온 시간이 십 년이었다.

누구라도 혐오할 임무, 처음 그 임무가 자신에게 주어졌을
때 얼마나 사문의 존장들을 원망했던가. 사도의 무리나 하는
암살을 업으로 삼으라는 그 명에 천룡문을 떠날까도 생각했던
범군이었다.

그러나 그 일이 사문을 위하고, 정파를 위하고, 결국에는 무
림을 위하는 일이라는 한 달간의 설득으로 그는 결국 살검을
들었다.

그리고 오 년 전부터는 북두회에서 은밀히 조직한 호천대 열
두 개의 조 중 십이 조의 조장이 되었다.

호천대 십이 조… 호천대가 그나마 세상에 알려지기 시작한

지가 사오 년 된다. 그 비밀스런 호천대 중에서도 십일 조와 십이 조는 더 깊은 어둠 속에 존재하는 조직이었다.

이들이 그간 해온 일들이 강호에 알려지면 아마도 북두회는 더 이상 그 명성을 지키지 못할지도 모른다.

이 두 개의 조는 다른 호천대 열 개 조와는 완전히 다른 임무를 맡고 있었다. 검은 사자들의 시간 이후 가장 피해가 컸다는 북두회 칠가. 그러나 묘하게도 그로 인해 무림의 최정점에 서게 된 북두회 일곱 문파는 호천대 십일 조와 십이 조를 움직여 무림에서 자신들에게 방해가 되는 적들을 제거해 왔다.

그들의 살검이 향한 대상에는 정사가 따로 없었다. 철저히 북두회 칠파의 이득을 위해 움직이는 자들, 그들이 바로 호천대 십일 조와 십이 조였다.

북두회가 하나의 세력이라기에는 지나치게 느슨한 연대를 유지하면서도 지난 세월 천하를 지배한 데는 바로 이렇게 어둠 속에서 비밀스럽게 움직이는 자들이 있기 때문이었다.

그리고 북산맹 천룡문 출신의 범군은 바로 그 살수 조 중 하나인 십이 조의 조장이었다.

그러니 범군에게 어둠 속에서 사람을 죽이는 일은 결코 낯선 일이 아니었다. 처음에는 그토록 꺼려하던 그 일이 이제는 끼니 챙겨 먹는 것만큼이나 자연스러운 일이 됐다.

그런데 이상한 일이었다. 이상하게도 오늘은 검을 빼 적을 치기가 망설여졌다.

상대가 강해서일까? 범군이 물속에서 고개를 저었다. 상대가 비록 당금 천하 떠오르는 신성인 십자성의 성주라 해도 그의 눈에 보이는 그는 그리 대단할 것도 없어 보였다.

나이라야 겨우 이십 대 후반, 더군다나 그를 호위하는 자는 오직 한 명뿐이다. 물속에서 기습을 한다면 쉽사리 도모할 수 있을 상대로 느껴졌다.

그런데도 이상하게 공격하기가 망설여졌다.

짧은 시간 형성된 십자성주의 명성 때문일까. 그럴 수도 있었다. 무림사에 이렇게 젊은 나이에, 이렇게 급격하게 부상한 자는 그리 흔치 않았다. 그리고 그런 자들의 경우 결국에는 대부분 대종사의 위치까지 올랐었다.

그러나 범군 스스로 다시 고개를 저었다. 지금까지 그가 죽여 온 자 중에 십자성주에 비견되는 무림의 신성도 여럿 있었다.

북두회는 미래에 자신들을 위협할 만한 무림의 신성(新星)이 나타나면 어김없이 그를 암살하기 위해 호천대 십일 조와 십이 조의 살수들을 출행시켰었다.

그러니 오늘의 망설임이 스스로도 이해할 수 없는 범군이었다.

툭!

곁에서 누군가 그의 어깨를 건드렸다. 부조장 용저가 어서 공격하자고 보내는 신호다.

범군도 이제는 공격해야 할 때라는 것을 알고 있었다. 언제까지 물속에만 머물 수는 없었다.

범군이 고개를 끄떡였다. 그러고는 물속에서 자신을 따라온 호천대 십이 조 살수들에게 손짓으로 각자가 할 일을 지시했다.

십이 조의 살수들이 범군의 지시를 받고 능숙하게 물결을 헤집고 움직였다.

상대가 상대니만큼 십이 조의 살수 중에서도 추려 뽑은 고수들이었다.

살수들의 움직임을 보니 갑자기 없던 자신감이 생겨났다. 범군에게는 입안의 혀처럼 움직여 줄 수 있는 동료들이 그 무엇보다도 믿을 수 있는 자산이었다. 그들과 함께라면 누구라도 벨 수 있다는 생각이 들자 물 밖 십자성주를 향한 살기가 용솟음쳤다.

후욱!

범군이 대롱을 통해 밖의 공기를 한껏 머금었다. 그리고 그 부력을 이용해 물을 차고 허공으로 솟구쳤다.

파앗!

적풍은 열 줄기로 갈라져 자신을 향해 닥쳐드는 살수들을 미동 없이 바라보고 있었다.

각기 다른 방향, 각기 다른 병기다. 묘한 진형을 형성해 다가오는 그들에게서 적풍은 익숙한 느낌을 받았다.

"북두회군!"

적풍이 중얼거렸다.

그는 이들이 북두회에서 온 자들임을 단번에 알아봤다. 익숙한 느낌이 그들의 정체를 말해주고 있기 때문이었다. 북두회 호천대의 오행금룡마진, 이미 두어 번 보았던 진이다.

구우웅!

오행금룡마진이 스스로 힘을 만들어내며 기이한 소음을 일으켰다. 순간 적풍이 적의 기세에 밀리듯 서너 걸음 뒤로 물러났다.

그러면서 허리춤에 매달아두었던 청룡검을 빼 들었다. 사자검을 쓰고 싶기도 했지만 왠지 모르게 호승심이 생겨 사자검의 신력을 빌리지 않기로 한 적풍이다.

적풍이 뒤로 물러난 것이 살수들에게 잘못된 신호를 보냈다. 범군이 이끄는 살수들은 적풍이 당황했다고 판단했다. 하긴 이런 곳에서 기습을 당하고 나면 당황하지 않을 사람이 없을 것이다.

"단번에 끝낸다!"

범군의 입에서 살기 어린 목소리가 흘러나왔다.

범군의 말이 신호였는지 좌우에서 다가들던 자들이 매섭게 암기를 던졌다.

쐐액!

어스름한 저녁 빛을 뚫고 은빛 암기들이 적풍의 옆구리를 파고들었다.

순간 청룡검이 움직였다.

카캉!

두 개의 암기가 일초의 검식에 막혀 튕겨 나갔다.

그러나 애초부터 살수들은 암기로 적풍을 제압할 생각은 아니었다. 암기는 단지 적의 시선을 뺏기 위한 미끼. 암기를 쳐내느라 중심이 흔들린 적풍을 향해 살수들의 도검이 맹수의 이빨처럼 떨어져 내렸다.

"핫!"

적의 도검에 휩싸이려는 순간 적풍의 입에서 초목을 떨게 만드는 사자후가 터져 나왔다.

적풍의 사자후는 그 자체로 강력한 위력을 발휘했다. 마치 그 소리에 공기가 밀려 나가듯 그를 향해 달려들던 살수들이 뒤로 밀렸다.

그러자 적풍이 적들 사이로 뛰어들었다.

콰아아!

적풍의 청룡검이 어둑해지는 하늘을 갈랐다. 한 줄기 검광이 하늘로 솟구쳤다.

"악!"

단말마의 비명 소리가 터져 나왔다. 그런데 이상하게도 비명은 한 마디였는데 서너 사람이 쓰러졌다.

천룡문의 고수 범군이 이끄는 호천대 십이 조 살수들의 오행금룡마진이 단번에 와해됐다. 진이 와해되자 호천대 고수들의 얼굴에 두려움이 떠올랐다. 그리고 그 두려움이 자신도 모르는 사이 그들의 몸을 굳게 만들었다.

통나무처럼 굳어진 살수들 사이에서 적풍이 거칠게 청룡검을 휘둘렀다.

쩌저정!

비록 당황했다고는 해도 오랜 시간 살수로 살아온 호천대 십이 조의 고수들이 애써 적풍의 검을 막았다.

강렬한 충돌음이 사방으로 퍼져 나갔다.

"적이다! 성주께서 공격당하셨다!"

멀리서 십자성 고수들의 외침 소리가 들렸다. 그리고 십여 명의 십자성 고수가 바람처럼 강변을 향해 달려 내려오기 시작했다.

"물러난다!"

범군이 소리쳤다.

상대는 그들이 예상했던 것보다 훨씬 강했다. 공격하기 전 망설여졌던 이유가 명확해졌다.

물속에서 망설여졌던 이유는 십자성주가 기습으로 감당할 수 없을 만큼 강함을 그의 본능이 경고했기 때문이었던 것이다.

언제나 불길한 예감은 현실이 되게 마련, 그때 물러났어야 했다. 그리고 한 번의 기회를 놓쳤다면 지금이라도 물러나야 한다. 그것이 남은 조원들을 살릴 수 있는 최선의 방법이었다.

범군의 명에 호천대 십이 조의 고수들이 그들이 접근했던 강으로 뛰어들었다.

범군 역시 조원들과 어우러져 강으로 뛰어들었다. 그런데 그때 범군의 귀에 차가운 음성이 들렸다.

"넌 갈 수 없다."

순간 범군의 몸이 거짓말처럼 굳어졌다. 마치 극독에 중독된 것 같은 느낌이었다.

범군이 겨우 고개를 돌려 뒤를 돌아봤다. 그러자 어느새 다가온 적풍이 그의 아미에 검을 들이밀고 있었다.

"너 하나는 데려가야겠다."

다시 적풍이 말했다.

"주… 죽여라!"

"그럴 수는 없지. 귀한 선물인데……."

"……?"

"널 혈궁주에게 주겠다."

순간 범군이 부르르 몸을 떨었다.

혈궁주라면 그가 너무 잘 알고 있는 인물이다. 몇 달 전만해도 북두회의 수장 중 한 명이었던 인물, 지왕종문에 패퇴한후 북두회에서 온갖 수모를 당하다가 결국 북두회를 떠난 그가 아닌가.

그런 자의 손에 넘겨진다면 어떤 일을 당할지 알 수 없었다. 혈궁주가 북두회의 다른 여섯 문파에 느꼈을 배신감을 생각하면 사지를 찢어버릴 수도 있었다.

손속의 독함을 보자면 천하에 혈궁주를 따라갈 사람이 없다는 것을 누구보다 잘 알고 있는 범군이었다.

애초에 호천대 십이 조에 들어 살수로 성장할 때 살법의 수련을 위해 혈궁의 비술을 배웠던 범군이다. 당시 혈궁의 무공을 배우며 그 독랄함에 얼마나 치를 떨었던가.

그런 혈궁의 주인에게 넘겨진다는 것은 그조차도 감당할 수 없는 일이었다.

"죽여다오!"

범군이 사정하듯 말했다.

"후후, 혈궁주가 무섭긴 한가 보군. 그러나 그래도 어쩔 수 없어. 그를 만나러 가면서 빈손으로 갈 수는 없잖은가? 또 그에게도 북두회와의 인연을 완전히 끊어버릴 계기가 필요하고……. 모르지, 옛정을 생각해서 살려주자고 할지도. 그럼 뭐 나도 반대는 하지 않을 거야. 그러니 희망을 버리지는 말라고."

적풍이 위로하듯 말했지만 범군은 소름이 돋았다. 그러나 범군에게는 다시 애원할 기회조차 없었다.

적풍이 범군의 몸을 한 손으로 들어 올렸다. 공력을 쓰지 않았으니 그야말로 괴력이다. 그러고는 자신을 돕기 위해 달려오는 십자성의 고수들을 향해 범군을 던졌다.

쿵!

범군이 맥없이 강변에 나뒹굴었다.

"혈궁주에게 줄 선물이다. 잘 챙겨!"

적풍이 가장 앞서 달려온 대발에게 말하고는 천천히 숙영지를 향해 걷기 시작했다.

"알 수 없어, 알 수 없어. 이건 예상보다 훨씬 무섭지 않은가. 그리고 지나치게 패도적이야. 아! 앞날을 짐작키 어렵구나. 도진아, 넌 대체 어떤 주인을 만난 거냐?"

장강 이무기 도진이 얼이 빠진 표정으로 적풍의 뒷모습을 보며 중얼거렸다.

제5장
두 번째 방문자

"어쩌실 생각이십니까?"

검은빛이 도는 붉은 무복을 입은 자가 팔짱을 낀 채 적풍의 숙영지를 바라보고 있던 중년 사내에게 물었다.

중년 사내는 모호한 눈동자를 가지고 있었다. 검붉은 그의 동공이 끊임없이 커졌다 작아졌다를 반복했다.

만약 누군가 그의 눈을 한동안 들여다보고 있으면 반드시 정신을 잃고 말 눈동자의 움직임이었다.

"만나보겠다."

사내가 대답했다.

"알겠습니다. 공격할 준비를 하겠습니다."

"아니, 나 혼자 가겠다."

"혼자서 말입니까?"

무복을 입은 사내가 놀란 얼굴로 되물었다.

"음……."

중년 사내가 무심하게 대답했다.

"위험합니다."

"그를 죽이겠다는 것이 아니니 괜찮다. 지금의 전력으로는 그를 도모할 수 없다."

"그럼 왜……?"

"그냥 궁금해서……."

사내가 대답을 하고는 신형을 돌렸다. 붉은 무복의 사내도 더 이상 입을 열지 않았다. 사내가 결정을 내리면 절대 번복하지 않는다는 사실을 알고 있기 때문이었다.

삼 일째 되던 날 적풍은 숙영지를 거뒀다.

더 이상 그를 찾아오는 자들은 없었다. 적풍으로서는 의아한 일이기도 하고 실망스런 일이기도 했다.

그는 적어도 지왕종문에서 궁막해 이상의 고수가 자신을 찾아올 것이라고 생각했었다. 그런데 지왕종문은 그의 예상과 달리 강변 숙영지에 머물던 적풍을 공격하지 않았다.

적풍 스스로 반 마리만 잡았다고 자평한 낚시는 그렇게 끝이 나고 일행은 다시 삼문협의 회합 장소를 향해 출발했다.

길은 삼 일 길이었다. 급하게 서둘 필요는 없는 거리였으나 일행은 속도를 늦추지는 않았다. 적을 유인할 생각이 아니라면 길 위의 시간은 줄이는 것이 좋았다. 그러나 그렇다고 밤을 새워 달릴 것은 아니어서 저녁이 되면 늦지 않게 숙영지를 차렸다.

그렇게 이틀을 달려 이제 하루면 목적지에 도달할 수 있게 된 그날 밤에 그가 찾아왔다.

적풍이 건량으로 요기를 하고 황하가 아스라이 바라보이는 산비탈 천막 안에서 조용히 밤의 풍경을 바라보고 있을 때였다.

사내는 마치 십자성의 사람인 냥 자연스럽게 적풍의 막사 안에 모습을 드러냈다.

그러나 그렇다고 적풍의 눈을 피할 수는 없었다. 아니, 정확히는 적풍의 눈이 아니라 사자검의 기운을 피할 수 없었다.

사자검이 적풍이 붙여준 그 이름처럼 적풍의 귀에만 들리게 울부짖었기에 적풍은 사내가 나타나는 그 순간부터 사내를 보고 있었다.

"지왕종문에서 왔군."

적풍이 천막 입구에 생긴 흙구덩이를 보며 말했다.

"역시… 만만치 않군. 흑룡장이 당한 것이 우연이 아니었군."

"흑룡장?"

"본 문의 삼장인 궁막해를 그렇게 부르지."

"아, 그 친구!"

적풍이 아는 척을 했다. 당연히 자신에게 일패도지한 자를 기억 못할 리 없다.

"마군님은 물론 우리 모두를 놀래는 일이었지."

"그런가? 확실히 특별하긴 하더군. 하지만 그렇다고 그리 놀라울 정도의 무공은 아니던데?"

"그대는 아직 그의 진면목을 모른다. 그대를 상대할 때 그는 본래 능력의 칠 할 정도만 사용할 수 있었다."

"음… 그 역시 아직은 천의비문의 의술이 필요한 모양이군."

적풍의 대꾸에 사내의 눈에서 한순간 살기가 돌았다. 크기가 자유롭게 변하는 그의 동공이 뱀의 눈처럼 가늘어졌다.

"총관이 입을 열었나?"

한순간 적풍의 오른쪽 허리에 매달려 있던 사자검이 격렬하게 반응했다. 마치 적이 공격할 것 같다는 신호를 보내는 듯했다.

적풍이 사자검을 잡아갔다. 평소에는 왼 허리에 차고 있는 청룡검으로 적을 상대하지만 웬일인지 오늘만큼은 사자검, 전왕의 검을 잡고 싶었다.

툭!

적풍이 사자검을 허리에서 끌러내 발끝에 찍어 세운 후 조용히 말했다.

"다시 한 번 내 앞에서 살기를 드러내면 그땐 죽을 거야."

적풍의 경고에 사내가 두 손을 말아 쥔 채 적풍을 노려봤다. 그러다가 가볍게 한숨을 쉬며 말아 쥐었던 손에 힘을 뺐다. 그러자 그의 동공이 다시 동그란 모양으로 변하면서 흘러나오던 살기가 씻은 듯이 사라졌다.

"싸우러 온 것은 아니니까."

"앉지."

적풍이 손을 들어 사내에게 자리를 권했다. 그러자 사내가 서슴없이 적풍의 맞은편에 앉았다.

"그래, 무슨 일로?"

적풍이 물었다. 마치 산보를 나온 건넛집 이웃을 대하는 듯한 모습이다.

"처음엔 당신을 죽이려 했지."

사내가 담담하게 말했다.

"그런데?"

"음… 강변에서 북두회 놈들을 상대하는 것을 보고 나니 생각이 변하더군."

"잘 생각했군. 생각보다 현명해."

"후후, 이 나이에 조롱을 당하는 건가?"

"몇 살이나 먹었는데 그런 말을 하지? 내가 보기엔 사십 전후로 보이는데?"

"알면 놀랄 거야."

"후후, 역시 이골마족이란 건가?"

적풍의 말에 사내의 표정이 다시 굳어졌다. 그러나 그렇다고 살기를 드러낸 것은 아니다.

"그가… 어디까지 말한 거지?"

"별로 쓸모는 없었어. 이미 짐작하던 것을 확인해 주는 정도?"

"이골마족에 대해 이미 알고 있었단 말이군."

"무림의 패권을 겨루는 상대로서 몰라서는 안 되는 일이지."

"하긴… 그러나 사실 우린 이골마족이라고 말하기는 어려운데……."

사내가 고개를 갸웃하며 말했다. 그러자 이번에는 적풍의 표정이 변했다. 이골마족의 모든 특징을 가지고 있으면서도 스스로 이골마족임을 부인하는 자는 처음 만나는 것이다.

"신혈족이라고 말하고 싶은 건가?"

"후후, 그들은 스스로 그렇게 말한다고 하더군. 그러나… 그 잡스런 혈통이 신혈이라니, 흥!"

사내가 코웃음을 흘렸다.

그 순간 적풍은 정말 지왕종문의 염화마군과 그의 가신이라는 지왕삼장이 신혈족과는 다른 혈통을 가지고 있다는 것을 깨달았다. 이자가 신혈족을 멸시하는 말을 거리낌 없이 지껄이는 모습이 그 증거였다.

"그럼 당신들은 얼마나 대단한 피를 가지고 있지?"

"우린… 존귀한 지왕님의 혈통을 공유하지."

"지왕이라… 그가 누구지? 하근의 말에 의하면 그대들은 지왕이란 사람을 조상처럼 여긴다던데……. 그래서 문파의 이름도 지왕종문으로 지었다고 들었다."

"지왕님이야말로 진정한 신혈의 존재라고 할 수 있다. 이골마족의 그 더러운 피는 감히 지왕님과 비교할 수 없지."

사내에게서 자부심이 느껴진다. 적풍은 사내의 말을 통해 어쩌면 그가 알고 있는 이골마족, 아니, 신혈족의 뿌리가 하나가 아닐 수도 있다는 것을 깨달았다.

'신혈족의 근원에 내가 모르는 다른 뭔가가 있다는 건가?'

적풍이 의문 가득한 눈으로 사내를 바라봤다. 그러자 사내가 빙그레 미소를 지으며 말했다.

"더 이상은 나도 말해줄 수 없군."

사내는 아마도 적풍의 표정에서 그의 호기심을 읽은 모양이었다. 그리고 그 호기심을 미끼로 적풍을 움직이려는 듯 보였다.

그러나 적풍은 단번에 사내를 실망에 빠뜨렸다.

"뭐, 남의 집 혈통 이야기야 재밌기는 해도 알아봐야 쓸데없는 것이지. 아무튼 그래서 몇 살이나 먹었소?"

적풍의 질문에 사내가 맥 빠진 표정을 짓더니 진지하게 대답했다.

"올해로 칠십이지."

"이골마족의 나이로 치면 아직은 젊은 셈이군."

적풍의 대답에 사내가 물끄러미 적풍을 보다가 말했다.

"성주께서는 확실히 이골마족에 대해 잘 알고 있으시군."

"지난 몇십 년간 무림사가 그들을 빼놓고는 설명이 안 되니까."

"후우… 하긴 검은 사자들이 지금의 무림 정세를 만들었다고 듣긴 했지."

그 말이 다시 적풍을 깊은 생각에 잠기게 했다.

그는 검은 사자들에게 대해 들었다고 말했다. 그렇다면 검은 사자들의 시간에는 강호에 없었다는 말이 된다.

도대체 이자들은 어디서 나타난 것일까. 천산 넘어 서장, 아니면 동해일 수도 있었다. 그도 아니면 아주 오랫동안 봉문했던 문파가 봉문을 깨고 세상에 나왔을 수도 있었다.

'그 노인네는 알고 있을 텐데……'

적풍이 문득 의천노공 우서한을 떠올렸다.

그러나 우서한의 입을 열려면 그가 맡긴 일을 모두 끝내야 한다. 그러니 그의 입이 열리기를 기다리는 것보다 신혈족이면서도 다른 신혈족을 멸시하는 이자들의 입을 여는 것이 빠를 수도 있었다.

"대체 당신들의 뿌리는 어디에 있는 건가? 서장? 아니면 중원 또 다른 어디?"

적풍이 궁금함을 참지 못하고 물었다.

그러자 사내가 빙그레 미소를 지었다. 다시 적풍의 호기심을 건드렸다는 것에 만족한 모양이었다.

"그 이야기를 들으려면 본 문에 투신해야는데, 하겠나?"

"물론 그럴 수야 없는 일이고. 때가 되면 그대의 입을 통해 들어야겠군."

"자신 있나?"

사내가 물었다.

"지금 이 자리에서라도 그대를 벨 수 있다. 그러나 그건 뒤로 미뤄두지. 아직은 염화마군을 만나지 않았으니까. 내가 지왕종문을 어떻게 대하게 될지는 그를 만나고 난 이후에 결정하게 될 것이니까."

적풍이 무심하면서도 단호하게 말했다.

그 말의 무게에 사내가 감히 반발하거나 조롱하지 못했다. 사내가 신중한 어조로 말했다.

"사실 그 일 때문에 내가 온 것인데……."

"염화마군이 날 만나겠다고 하나?"

"그건 아니다. 처음에는 그대를 죽이러 왔는데 그게 불가능할 것 같아서 차라리 마군님과 성주의 만남을 주선하는 것은 어떨까 해서 와본 것이지."

"어디서?"

"본 문에 오면 안전은 보장하겠다."

사내가 말했다. 그러자 적풍이 가볍게 미소를 지어 보였다.

"그럴 수는 없지."

"두려운 건가?"

"두렵기는! 단지 염화마군이 십자성으로 오지 못하는 이유와 같다고 할까."

"왜 마군께서 십자성에 가시지 않을 거라 생각하는 건가?"

"그럼 올 수 있다는 것인가? 모시고 오겠나?"

적풍이 되물었다. 적풍의 반문에 사내가 쉽게 대답하지 못한다.

"그것 보라고. 염화마군도 올 수 없지. 그런데 나더러 지왕종문으로 오라니 날 너무 무시하는 것 아닌가?"

서로 오갈 수 없는 이유는 분명했다. 죽음이 두려워서는 아니다. 단지 가는 쪽이 결국 굴복하는 것이기 때문이었다. 설사 실제로 굴복하는 것이 아니라 해도 강호에 보이는 의미는 그렇게 될 수밖에 없었다.

적풍이 삼문협에서 혈왕 종고를 만나기로 한 것은 그래서 혈왕에게 엄청난 호의를 베푼 것이었다. 그를 십자성으로 불렀다면 혈왕 종고는 굴욕적인 화의를 구했다는 오명에 시달릴 것이기 때문이었다.

"후우… 좋은 장소를 만들면 가능하겠나?"

사내가 물었다.

그러자 적풍이 잠시 사내를 바라보다 물었다.

"그런데 당신은 누군가?"

"……?"

사내가 갑자기 무슨 소리냐는 듯 멀뚱히 적풍을 바라봤다.

"그대에게 염화마군의 행보를 두고 나와 거래할 만한 자격이 있냐는 거다."

적풍의 물음에 사내가 잠시 망설이다 대답했다.

"마군께 조언할 수 있는 사람 중 한 사람인 것은 분명하지."

"별호와 이름은?"

적풍의 연이은 질문에 사내의 대답이 다시 잠시 막힌다. 그러나 그도 잠시, 이내 사내의 입이 열렸다.

"난 지독장 독로라 한다."

"그대가 지독장이군. 들었어."

"하근 그자의 입이 정말 가볍군."

"뭐 그쯤이야. 목숨값인데……."

"그를 살려두었나?"

"당연히. 난 약속은 지키니까."

"그를 내어달라."

"……?"

"그를 내어준다면 마군께선 십자성이 본 문과 협력할 마음이 있다는 것을 진심으로 믿으실 거다."

독로가 정색을 하며 말했다. 그러자 갑자기 적풍이 화통한 웃음을 터뜨렸다.

"하하하!"

"왜 웃는가?"

"순진한 건가, 아니면 내가 지왕종문을 정말 두려워한다고 생각하는 건가? 내가 그를 내주면 앞으로 어떤 자가 나를 믿고 내게 복속하겠나? 또한 사람의 마음이란 본래 믿을 게 못 되는데 염화마군이 날 믿고 안 믿고가 뭐가 그리 중요하겠는가. 단지… 서로 이득이 있으면 손을 잡는 것이고 손해를 본다 싶으면 적이 되는 것이지. 가서 전하라. 어느 쪽이 더 이득인지 생각해 보라고. 그리고 그대는 이제 그만 물러가라. 난 잠을 좀 자야겠어."

적풍이 축객령을 내렸다.

모욕적이 대접이 아닐 수 없었다. 독로의 얼굴이 분노로 일그러졌지만 그는 끝까지 침착함을 유지했다. 그러고는 마지막 자존심 때문인지 경고 한마디를 남기고 사라졌다.

"다음에 볼 때는… 내가 결코 그리 쉽지 않은 상대라는 것을 알게 될 것이다."

"기대하겠다."

적풍의 대답은 공허하게 허공을 갈랐다. 이미 독로의 신형이 장내에서 사라지고 없었기 때문이다.

"어리석은 자군."

독로가 사라지자 적풍이 중얼거렸다.

"뭐가 말입니까?"

문득 적풍의 뒤에서 쿠샨이 모습을 드러내며 물었다.

"그를 보았소?"

"그렇습니다. 그런데 왜 그가 어리석다는 것입니까?"

"세상에야 소문이 나지 않겠지만 그가 찾아온 것이나 염화마군이 찾아온 것이나 뭐가 다르겠소."

적풍의 말에 쿠샨이 빙그레 미소를 지었다.

"그 생각을 하셨군요. 저 역시 그리 생각했습니다."

"당분간 지왕종문은 걱정할 필요가 없겠소."

"그렇습니다. 그가 왔다는 것은 이미 그들이 우리에게 약세를 보인 것이라고 할 수 있지요. 하물며 검벽을 빼앗기고도 살수가 아니라 화의를 입에 올렸으니 말입니다."

"혈왕을 만난 이후에는… 북두회에 집중할 수 있겠구려."

"북두회를 공략하실 것은 아니지 않습니까?"

"그의 행보를 확인하는 것이 중요하오."

"묵안노 말입니까?"

"그렇소."

"어려운 일이군요."

"아마도 그럴 거요. 하지만 그를 놓아두고선 무림을 가질 수 없는 일이오."

적풍의 말에 쿠샨이 고개를 끄떡였다. 그 역시 북두회를 실질적으로 움직이는 자가 묵안노 혹야 마한이라는 것을 잘 알고 있기 때문이었다.

"아우가 잘해줘야 하는데……."

적풍이 말꼬리를 흐렸다.

묵안노를 찾는 일, 그에게 잡혀 있는 신혈족의 위치를 파악하는 일, 그리고 천의비문을 찾는 일까지 모든 것이 우마에게 맡겨져 있었다.

"비마대주는 뛰어난 사람입니다. 더군다나 야문이 돕고 있으니 곧 성과를 낼 겁니다."

"나 역시 그렇게 생각하오."

대답은 그렇게 하면서도 적풍의 표정은 어두웠다.

간밤에 손님이 왔다 간 것을 아는지 모르는지 십자성의 고수들은 이른 아침 다시 길을 떠났다.

계속되는 여행에도 일행은 지친 기색이 별로 없었다. 오히려 삼문협이 가까워질수록 활기가 돌았고, 마치 천하를 정복한 것 같이 기세가 등등했다.

그렇게 아침 일찍 떠난 길이 오후가 되자 드디어 황하의 붉은 물결을 눈앞에 두게 되었다.

"다 왔습니다."

거친 물살을 앞에 두자 준갈이 나는 듯이 달려와 적풍에게 말했다.

"약속 장소까지는 얼마나 남았지?"

"이제 한 시진 안쪽입니다. 이룡대라는 제법 크고 높은 누각인데 강을 한눈에 조망할 수 있는 곳입니다."

"주변의 경계를 소홀히 하지 마."

"여부가 있습니까. 걱정 마십시오."

"좋아. 그럼 혈왕의 얼굴을 보러 가자고!"

적풍이 말을 몰아 앞으로 나가려는데 문득 앞서 길을 열고 있던 선발대가 말을 돌려 급히 돌아오는 것이 보였다. 그리고 그들 옆에 눈에 익은 자의 얼굴이 보인다.

"그로군요."

준갈이 선발대와 함께 오는 자를 알아본 모양이었다.

"마중을 다 오고. 대접이 나쁘지 않군."

"그러게 말입니다. 흐흐!"

준갈도 기분이 좋은지 실실 웃음을 흘렸다.

그사이 선발대가 금세 적풍 앞에 도착했다.

"성주, 손님이 왔습니다."

"음!"

적풍이 가볍게 대답하며 고개를 끄떡였다. 그러자 선발대와 함께 온 혈궁의 부궁주 나융이 적풍 앞으로 다가왔다.

"다시 뵙습니다, 성주!"

나융의 인사가 지난번보다 훨씬 정중하다.

"다시 보니 반갑소. 잘 지내셨소?"

"덕분에 잘 지냈습니다. 가시지요, 이곳부터는 제가 안내하겠습니다. 혈왕께서 이미 기다리고 계십니다."

"저런, 내가 늦었나?"

"그럴 리가요. 단지 혈왕께서 조금 서두르셨을 뿐입니다."

"그래도 늦으면 예의가 아니지. 서둘러라. 쉬지 않고 달린다."

"예, 성주!"

십자성의 고수들이 우렁차게 대답했다. 그러고는 광풍처럼 황하변을 따라 질주하기 시작했다.

*　　　　　　*　　　　　　*

혈왕 종고는 칼을 거꾸로 짚은 채 누각 난간에 걸터앉아 질주하는 십자성 고수들을 바라보고 있었다.

뿌연 연기를 일으키며 달려오는 십자성의 고수들이 마치 수천의 대군처럼 느껴졌다. 그 말발굽 소리에 이룡대란 이름을 가진 누대가 흔들리는 것 같기도 했다.

"무슨 생각으로 무림에 나타났을까?"

종고가 중얼거렸다.

"무슨 말씀이신지요?"

혈궁의 제일부궁주 석화가 그의 뒤에서 물었다.

"저자들 말이야. 무림에 어울리지 않아."

"어울리지 않다니요?"

"보라고. 무림에서 누가 저런 식으로 움직이나. 저건 관병들이나 움직이는 모습이지. 무림에서야 은밀함이 최고인데… 저런 질주는 무림에 어울리지 않아."

혈왕 종고가 눈살을 찌푸렸다. 그러자 석화가 침착한 표정으로 말했다.

"마음에 들지 않으시면 지금이라도 이 회합을 파하시죠."

"그럴 수는 없지."

종고가 고개를 저었다.

"그렇다면 좋게 받아들이십시오. 저런 모습도 호기를 부리는 자의 치기로 보시면 외려 그를 이용해 본 궁이 재도약하는 데 밑거름으로 쓸 수 있는 좋은 대상이라고 할 수 있을 겁니다."

"문제는 그가 그렇게 호락호락하지 않다는 거지."

"그렇기는 하지만 혈왕님에 비할 수는 없지요. 강호란 곳이 경험이 오 할을 차지하는 곳 아닙니까?"

석화의 말에 종고가 문득 고개를 끄떡였다.

"그렇지. 맞아. 잘 말해주었네. 내가 괜히 십자성이란 이름에 긴장을 했었던 것 같군. 그는 아직 서른 전이라 했으니 다루지 못할 것도 아니야. 자, 그러자면 앉아서 그를 맞을 수는 없지. 최대한 기분을 좋게 만들어주자고!"

혈왕 종고가 검을 짚고 일어섰다. 그러고는 누대를 내려가며 명을 내렸다.

"모두 나를 대하는 것처럼 그를 대하라. 그러나 또한 기상을 잃지 마라. 그에게 혈궁 궁도들의 기백을 보여라."

"예, 궁주!"

누대 주변의 혈궁 고수들이 일제히 대답했다.

말을 멈춘 적풍이 눈을 들었다. 수백 개의 계단이 이어진 끝에 양쪽 처마가 하늘 위로 솟구쳐 마치 두 마리 용이 승천하는 듯한 모습의 누대가 보였다.

삼문협 인근에서는 제법 유명한 이룡대라는 누대였는데 평소 인파가 적지 않던 곳이 오늘은 적막감이 감돌았다.

"오르시지요."

나융이 은근한 목소리로 적풍에게 누대에 오르기를 권했다. 그러자 적풍이 고개를 끄떡이고는 말에서 내려 계단을 오르기 시작했다.

적풍이 백여 개의 계단을 올랐을 때 드디어 사람이 보였다. 각양각색의 옷차림과 생김새를 한 모습으로 누대 근처 계단 좌우에 늘어선 자들, 뿜어내는 기운 역시 각기 다르다.

한 문파에 이렇게 다양한 인물들이 존재한다는 것은 두 가지 사실을 추측하게 해준다.

하나는 혈궁이 가전무공을 통해 이어지는 오랜 전통을 가진 세력이 아니라는 것, 두 번째는 그래서 위기의 순간에는 한순간에 와해될 수도 있는 세력이란 것이다.

'하기사 사도의 무리가 다 그렇지. 그래서 재미있는 구석이 있는 거고.'

적풍이 내심 혈궁의 모습에 만족하며 다시 계단을 걷기 시작했다.

적풍이 혈궁 고수들에게 흥미를 느끼듯 혈궁의 고수들 역시 적풍에게 관심을 집중하고 있었다. 그들로서는 서른도 안 된 나이에 갑자기 강호에 나타나 강호를 삼분해 나가는 이 젊은 패웅에게 관심을 갖지 않을 수 없었다.

본래 사도의 무리라는 것이 이득을 쫓아 주인을 밥 먹듯 바꿀 수 있는 자들이어서 더욱 적풍에게 관심을 갖는 것일 수도 있었다.

"궁주님, 십자성주께서 오셨습니다."

누각 아래까지 내려와 있는 혈왕 종고를 보며 나융이 입을 열었다.

"어서 오시오, 성주!"

혈왕 종고가 가벼운 웃음을 지으며 적풍을 맞이했다.

몸에선 은은히 붉은 기운이 돌고, 노련해 보이는 그의 눈에는 선천적인 살기가 돌았다.

'소문대로군.'

적풍은 혈왕 종고의 강한 살기에서 그가 강호에서 가장 악명 높은 인물 중 하나라는 것을 실감했다.

"혈왕님을 뵙게 되어 영광이오!"

적풍이 대답했다.

"하하하, 무슨 말씀을! 오히려 나야말로 영광이외다. 강호는 이제 십자성을 북두회, 지왕종문에 버금가는 삼패로 꼽고 있소. 그런 십자성을 이끄는 분을 만나는 것이니 어찌 영광이 아니겠소."

혈왕 종고가 은근한 어조로 말했다.

"강호의 인심은 하루아침에 바뀌는 것이니 세상의 평판은 사실 말 좋아하는 사람들에게나 관심이 있는 것이지요. 하지만 우리 두 사람은 사람들의 평판보다는 실질적인 이득에 관심이 많은 사람이니, 오늘 이 만남은 기쁜 일이라고 할 수 있을 것이오."

적풍이 직설적으로 말했다.

"하하하, 역시 성주시오. 나 또한 허례를 좋아하지 않는 사람이오. 우린 정말 제대로 만난 것 같소이다. 자, 일단 누대로 오릅시다."

혈왕 종고가 적풍을 누대 위로 이끌었다.

적풍과 혈왕 종고의 만남은 그날 저녁까지 이어졌다. 혈왕 종고로서는 고립무원의 처지에서 십자성이라는 신흥 세력을 등에 업을 수 있는 기회였으므로 적풍을 대접하는 데 최선을 다했다.

적풍 역시 혈궁이 그동안 강호에 만든 기반을 이용해 무림의 중심으로 진출할 수 있는 기회였으므로 혈왕과의 긴 만남을 기꺼이 감수했다.

그 때문인가. 누대 위로 오르는 음식들은 하나같이 귀한 것이어서 적풍을 맞는 혈왕의 정성을 느낄 수 있었다.

그렇게 운치 있는 저녁 식사 후에는 다시 두 사람의 은밀한 대화들이 이어졌다.

"그러니 결국 성주의 생각은 지왕종문과 북두회가 양패구상을 하게 만들어야 한다는 것이구려."

종고가 말했다.

"그렇소이다. 물론 십자성과 혈궁의 힘으로 그중 한곳과 좌웅을 결할 수도 있기는 할 것이오. 그러나 그런 싸움은 이겨도 남는 것이 없소이다."

"옳은 말씀이오. 그런데 최근 들어 양쪽이 서로를 견제만 할 뿐 본격적으로 싸울 생각은 하지 않으니 이 상황이 고착화될 수도 있을 것 같소. 그러니 어떤 식으로 저들을 싸우게 만들어야 할지 모르겠구려."

혈왕 종고의 말에 적풍이 속으로 쓴웃음을 지었다. 아마도 강호에서 이런 일에 계책을 꾸미는 것에 가장 능한 사람을 찾으라면 바로 혈왕 종고일 것이다.

"혈왕께서는 강호 경험이 풍부하시니 역시 나로서는 고견을 청할 수밖에 없구려."

적풍이 종고를 보며 말했다. 그러자 종고가 짐짓 얼굴을 찌푸려 고민을 하는 듯하다 입을 열었다.

"이런 경우는 상대의 가장 은밀한 곳을 건드리는 것이 좋을 것이오."

"그곳이 어디겠소?"

적풍이 물었다.

"지왕종문이라면 당연히 대혈산 종문의 성일 것이고… 북두회라면… 둘 중 하나요."

"어디요?"

적풍이 재차 물었다.

"첫째는 칠가의 본문을 공격하는 것, 그러나 그것은 정체를 숨기고 은밀히 행하기 힘든 일이니……."

"다른 곳이 있소?"

"묵안노에 대해 얼마나 아시오?"

혈왕 종고의 입에서 묵안노라는 말이 나오는 순간 적풍은 속으로 작은 희열을 느꼈다. 이 이름이야말로 적풍이 이 먼 곳까지 혈왕 종고를 만나러 온 실질적인 이유라고 할 수 있었다.

혈왕 종고가 적풍에게 중요한 이유는 혈궁이라는 강력한 세력 때문만은 아니었다. 적풍이 혈왕 종고를 사악한 자라고 멸시하면서도 그와 손을 잡은 데에는 그만한 이유가 있었다. 그건 바로 혈왕 종고가 북두회 일곱 수장 중 한 명이었기 때문이었다.

천하에 군림하지만 장막에 가려진 것처럼 그 속내가 온전히 드러나지 않은 북두회, 그중에서도 호천대를 만들고 이골마족 사냥의 중심이 되었던 묵안노 마한에 대해 가장 잘 알고 있는 자 중 한 명이 바로 혈왕일 것이다.

아니, 어쩌면 그도 마한에 대해서는 잘 모를 수도 있었다. 그러나 적어도 북두회의 이름으로 그가 하는 일에 대해선 상세하게 알고 있을 종고였다.

"묵안노 마한… 물론 관심을 두고 있었소. 그야말로 북두회를 움직이는 실질적인 주인이라던데……."

"후후, 인정하기 싫지만 결국은 그렇게 되었소."

"그를 싫어하나 보구려."

"하하하! 물론 그렇소. 그 간교한 자를 어찌 좋아할 수 있겠소? 그자는… 혈마련의 해체를 그냥 두고 보았소. 아니, 어쩌면 혈마련의 해체를 부추겼을 수도 있지. 북두회 칠가 중 혈궁의 지분을 축소해야 한다고 나머지 육가를 충동한 자가 바로 그요. 그즈음부터는 호천대에 속한 본 궁의 고수들 역시 호천대를 떠나게 되었소."

"그게 정말이오?"

적풍이 짐짓 놀란 표정을 짓는다.

"사실이오. 혈마련이 지왕종문의 공격으로 위기에 처하자마자 그는 그 짓을 시작한 거요. 덕분에 혈마련은 그만 분열되고 말았소."

종고가 살기를 감추지 않고 말했다.

"이상한 일이구려. 그가 왜 혈궁을 북두회에서 배제하려 했던 거요? 사실 북두회가 무림에 군림할 수 있는 이유는 정사양도의 강자를 모두 포함하고 있기 때문이 아니오?"

적풍이 물었다.

사실 그간 이 부분이 이해가 되지 않는 적풍이었다. 혈궁이 북두회를 떠났기에 혈궁과 연대할 기회를 얻기는 했지만 지금도 북두회에서 혈궁이 떠나는 것을 방관했다는 것이 이해가 되지 않았다.

"그건… 그에게 야심이 있기 때문이오. 또한 그 야심에 나와 혈궁이 방해가 된다고 생각했을 거요."

"설마 그가 천하를 가질 생각을 한다는 거요?"

"다른 육파의 수장들은 동의하지 않지만 난 그렇게 생각했소."

"어째서 그런 생각을 하게 된 거요?"

적풍이 짐짓 놀란 얼굴로 물었다. 물론 적풍은 이미 묵안노마한의 야심을 알고 있었다.

월문의 법황이자 자신의 사제인 의천노공 우서한에게 독을 쓸 정도면 그의 야심이 얼마나 거대한지 능히 짐작할 수 있는 일이었다. 그러나 종고에게 그런 이야기를 할 수는 없었다.

"내가 그를 의심한 것은 사실 호천대 때문이었소."

"호천대라… 북두회의 비밀 조직 말이구려."

"맞소. 사실 그동안 북두회 칠파는 호천대를 운영하면서 막대한 이득을 취했소. 지난 수십 년의 세월 동안 북두회 칠파는 북두회라는 이름을 내세우지 않고도 존재만으로 세상을 지배했소. 하지만 정말 그 명성과 권력이 거저 얻어졌겠소?"

"나도 호천대가 북두회 칠파의 이득을 위해 움직였다는 것은 잘 알고 있소."

적풍이 대답했다.

"그런데 처음 호천대를 만들 때부터 호천대 열두 개 조 중 일부 조는 묵안노에게 배정됐소."

"배정되었다는 것은 무슨 뜻이오?"

"다른 칠가의 주인들로부터 그들을 부리는 데 대한 통제를 받지 않았다는 뜻이오."

"하지만 호천대의 고수들은 모두 칠가 출신이 아니오?"

"꼭 그런 것도 아니오. 물론 칠가 출신의 무사들이 대부분을 차지하기는 하오. 그러나 묵안노가 움직이는 후오조는 그렇지 않았소. 칠가 출신의 무인이 오 할이 안 됐소."

"음… 그렇다 해도 그가 독단적으로 무슨 일을 꾸미는 것은 어려웠을 텐데……."

"그래서 교묘한 자라는 거요."

종고가 눈살을 찌푸리며 말했다.

"술책을 부렸소?"

"사실 알고 보면 아주 간단한 것이오. 후오조, 그러니까 호천대 육 조부터 십 조까지는 전적으로 그의 통제를 받았는데, 그는 묘하게 각 조의 인원을 구성했소. 예를 들어 한 조에 속한 칠가의 무인은 모두 동류의 사람들로 채운 것이오. 육 조의 경우 북산맹 출신의 무인을, 칠 조의 경우 천마맹 출신의 무인들을 배치하는 방식이오. 그러면서도 한 조에 칠가 출신의 무인이 오 할을 넘지 않게 했소. 물론 아주 특별한 경우에는 칠가 출신이 뒤섞이는 경우도 있기는 했소. 구 조의 경우가 그러한데… 사실 구 조는 오직 한 가지 임무에 특화되어 있었기에 그랬을 거요."

"한 가지 임무라니, 어떤 임무요……?"

적풍이 되묻자 종고가 뭔가 망설이는 듯하다가 나직한 목소리로 물었다.

"혹… 이골마족에 대해 아시오?"

기다리면 기다릴수록 좋은 일이 생긴다. 종고는 그 스스로 적풍이 원하는 말을 내뱉고 있었다.

"음… 사실 그들에 대한 소문을 뜬구름처럼 듣기는 했소. 하지만 어디까지 믿어야 할지는……. 과거 검은 사자들이 이골마족이란 것도 믿을 수 있는 건지 모르겠고."

적풍의 대답에 혈왕 종고가 정색을 하며 말했다.

"그 소문들은 모두 사실이오. 검은 사자들은 이골마족 출신의 고수들이었소."

"그게 사실이었군. 그렇다면 정말 놀라운 일이오."

"후우… 그렇긴 하오. 특히 그자, 전마 적황은……."

혈왕 종고가 생각하기도 싫다는 듯 고개를 저었다.

"그런데 호천대 구 조가 그들과 무슨 상관이 있다는 것이오?"

"호천대 구 조는 이골마족의 추격에 특화된 자들이었소. 그들이 이골마족을 찾아내면 호천대가 동원되어 사냥하는 식이었소. 그래서 구 조에는 추격에 능한 칠가의 고수들이 뒤섞여 있었소."

"혈궁에서도 구 조에 사람을 보냈겠구려."

그때만큼은 적풍의 표정이 심각했다. 숨길 수 없는 마음이 드러날까 그 스스로 두려울 정도였다. 적풍은 종고의 입에서 한 사람의 이름이 나오기를 기다리고 있었다.

그리고 종고는 적풍을 실망시키지 않았다.

"그렇소. 우리도 본 궁에서 가장 뛰어난 추격술을 지닌 자들을 구 조에 보냈소. 구지마 기륜이라고… 본 궁에서 추적술로는 가장 뛰어난 자를 파견한 적이 있었소. 그런 그가 어느 날 갑자기 종적을 감춰 버리는 통에……. 음, 그 일을 빌미로 호천대에서 본 궁의 식구들이 조금씩 줄어들었소. 지금 생각하면 묵안노는 핑계를 기다리고 있었던 것 같소."

드디어 그 이름을 들었다.

구지마 기륜, 요하 하구 설루의 고향에서 설루의 마지막 날과 연결되어 있는 자의 이름이다. 흥분으로 몸이 떨렸다. 당장에라도 칼을 뽑아 종고의 목에 들이대고 구지마 기륜의 행방을 묻고 싶었다.

그러나 그럴 수 없었다. 종고의 말을 들어보자면 그 역시 구지마 기륜의 행방을 모르는 것 같기 때문이었다.

"그의 행방을 정말 모르시오?"

적풍이 지나가는 말투로 물었다.

"누구… 아, 구지마 기륜 그 친구 말이구려. 사실 나도 의문이오. 죽었으면 시체라도 있어야 하는데 도대체 그 흔적을 찾을 수 없으니……."

"살았으면 궁주를 찾아오지 않았겠소?"

"물론 그랬을 거요. 결국 오지 않았다는 것은 누군가에게 죽었다는 것인데… 꽤 쓸 만한 친구였는데……."

구지마 기륜을 두둔하는 모습에 다시금 살기가 돌았지만 적풍은 애써 그 살기를 억눌렀다. 그리고 물었다.

"아무튼 그래서 묵안노라는 자가 호천대를 이용해 뭘 했다는 거요?"

"그는… 이골마족을 독점하고 있었소. 그것이 난 못내 의심스러웠소. 더군다나 최근 들어 그가 천의비문 사람들을 자신의 그늘로 끌어들였다는 것을 알게 되었소. 그래서 이자가 또 다른 검은 사자를 만들려고 하는 것이 아닌가 의심하지 않을 수 없었소."

"또 다른 검은 사자라……."

적풍이 나직하게 중얼거렸다.

"난 그에게 해명을 요구했소. 그것도 아주 강력하게 말이오. 그는 단지 무림의 안위와 북두회를 위한 일이라고 둘러댔지만 난 그 대답에 만족할 수 없었소. 그래서 좀 더 그를 몰아치는 와중에 그만……."

혈왕이 아쉬운 듯 말했다.

"그런 일이 있었구려. 그런데 그래서 혈왕께서 건드리고 싶은 곳은 어디요?"

적풍이 속으로 마른 침을 삼키며 물었다.

"그자가 그토록 감추고 싶어 하는 곳… 바로 이골마족을 모아둔 곳이오."

쿵!

적풍의 심장이 흔들렸다.

이렇게 쉽게 그가 원하는 대답을 들을 것이라고는 꿈에도 생각지 못했던 적풍이다. 그런데 마치 하늘에서 갑자기 보물이 떨어지듯 그렇게 마한에게 잡혀 있는 이골마족의 거처가 언급된 것이다.

"그곳이 어딘지는 아시오?"

"얼추 알고 있소. 그러나… 어쩌면 그새 장소를 옮겼을 수도 있소. 왜냐하면 내가 북두회를 떠날 것을 그도 알고 있었으니 말이오. 내가 짐작할 수 있는 비처를 그대로 놓아뒀을 리가 없소."

상관없었다. 적풍에겐 단지 추격을 시작할 단서가 필요할 뿐이니까.

"어디요?"

적풍이 침착하게 물었다.

제6장
천무맹

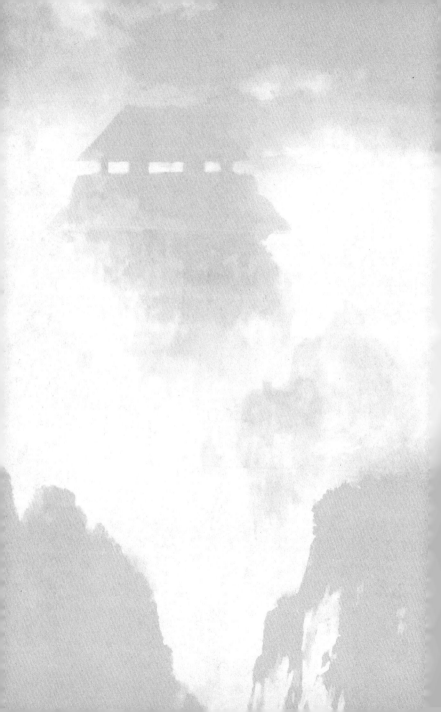

불광산(佛光山) 천불동(千佛洞).

혈왕 종고의 입에서 나온 지명이다. 하북성 어딘가에 있다는데 혈왕 종고조차도 정확한 위치는 알지 못했다.

"그럼에도 그를 믿을 수밖에 없었던 것은 그 장소를 소림에서 보증했기 때문이오."

혈왕 종고가 묵안노 마한을 제외하면 오직 소림만이 알고 있다는 천불동을 나머지 육가가 추인한 이유를 설명했다.

소림은 북두회에서도 특별한 위치에 있었다. 소림의 세력이 다른 육가에 비해 월등한 것은 아니지만, 그들에겐 조정자로서의 힘이 있었다.

애초에 북두회가 결성될 수 있었던 것도 소림 때문이라고 할 수 있었다. 그 뒤에 묵안노 마한이 있다는 것이 공통된 의견이었지만 처음 북두회의 회합을 주선한 것은 소림이었다.

칠가는 소림의 제안을 받아들여 명화산에서 첫 회합을 가졌고, 이후 그 회합이 북두회라는 사상 초유의 정사양도 회합체로서 존재하게 되었던 것이다.

그러니 북두회에 대한 소림의 지분은 다른 여섯 문파보다는 한 수 위에 있다고 할 수 있었다.

그런 소림의 지위를 육가가 인정한 또 다른 이유는 마도무림조차도 소림에게 강호제패의 야망이 없다는 것을 인정하기 때문이었다. 욕심 없는 이웃은 두렵지 않은 법이라, 육가로서는 외려 소림이 북두회의 조정자 역할을 하는 것이 반갑기까지 했었다.

그런 소림의 보증이 있었으니 묵안노 마한이 불광산 천불동에 이골마족의 생존자들을 모아두고 그곳에서 불법으로 그들의 마성을 교화해 보겠다는 제안을 거부할 수 없었던 육가였다.

또한 그들의 위치가 알려지면 그들에게 원한이 있는 자, 그들을 이용하고 싶어 하는 자들이 이골마족을 그냥 두지 않을 것이니 그 위치는 육가에도 비밀에 붙이겠다는 말도 마땅치 않지만 받아들일 수밖에 없었다는 혈왕 종고의 설명이었다.

"찾아보라고 전해!"

이룡대에서 내려온 적풍이 준갈에게 명했다. 준갈이 고개를 끄떡이고 율사에게 고갯짓을 했다. 그러자 율사가 전서구를 날

리기 위해 장내를 벗어났다.

"쉽게 찾을 수 있을까요?"

준갈이 물었다.

"쉽지는 않겠지. 그러나 그자가 자신도 모르는 단서 하나를 내놨어."

적풍이 말했다.

"소림 말입니까?"

"아니, 소림은 아니야."

"그럼 무슨……."

"그자가 말한 것 중에 불광산 천불동이 연왕이 대도에 입성하기 위해 북진하던 중 하북에서 발견한 괴산(怪山)이라는 내용이 있었다. 천불동이라는 이름은 연왕의 책사로 알려진 도연이란 중이 계곡의 바위들이 천 개의 불상과 같다고 해서 붙인 이름이라더군."

"그럼……?"

"반드시 관련이 있다. 연왕 주체와……."

"제길, 그럼 묵안노 그자가 무림뿐 아니라 세속에도 관심을 두고 있다는 겁니까?"

준갈이 물었다.

"아마도… 하긴 그의 욕심이 결코 무림에 머물 위인은 아니지."

적풍은 문득 우서한을 떠올렸다.

월문의 문도로서 법황에게 하독을 한 묵안노다. 그러니 그

야심이 작을 리 없었다. 그리고 언젠가 의천노공 우서한이 모든 힘을 되찾았을 때를 생각하면 무림이 아니라 사람이 사는 땅이라면 모든 곳의 지배자가 돼야 한다고 생각했을 것이다.

"거참 적이지만 대단한 사람이군요."

준갈이 묵안노의 야심에 감탄한 듯 말했다.

"배포가 큰 자지. 아무튼… 그게 그의 허점이 될 수도 있을 거야. 알겠지만 관원들은 무림인들과는 다르니까. 다루기 한결 수월하지. 야문을 이용하는 것도 좋겠고……."

"하기야 벼슬아치이야말로 물욕에 가장 약한 자들이지요."

준갈이 고개를 끄떡였다.

그때 율사가 돌아왔다.

"전서는 보냈습니다."

"좋아. 그럼 일단은 이곳의 일에 집중한다."

"그는 동의할 겁니다."

"그렇겠지?"

"십자성의 이름이 아니라 다른 이름으로 연대를 맺는다면 그자는 춤이라도 출 겁니다."

대발이 투덜대듯 말했다.

"그래도 그게 좋아."

적풍이 대답했다.

"왜 십자성의 이름은 안 되는 겁니까?"

대발이 여전히 아쉬운 표정으로 물었다.

"그럼 나중에 버리기 힘들잖아."

"예?"

"그럼 서런 자들과 평생 함께 갈 건가?"

적풍이 되물었다. 그러자 대발이 모호한 표정을 짓다가 이내 음산한 웃음을 흘렸다.

"하긴, 듣고 보니 그렇군요. 괜히 십자성에 끌어들였다가는 나중에 처치 곤란일 수 있겠어요. 현명하신 판단이십니다, 성주!"

대발이 짐짓 고개를 숙여 보이며 말했다. 그러자 장내의 사람들이 모두 키득거리며 웃음을 흘려냈다.

그렇게 대발로 인해 장내 분위기가 한결 밝아졌을 때 적풍이 다시 입을 열었다.

"내일 무맹에 대한 결론을 짓고, 모레 연회를 한 후 이번 회합을 파한다. 혈궁의 고수 오십을 차출할 거다. 그 정도 요구는 해야 혈왕도 무맹의 주인이 누군지 인식할 테니까. 혈궁만이 아니다. 무맹에 든 모든 문파는 그 규모에 따라 고수들을 파견해야 한다."

"그럼 누가 그들을 관리합니까?"

율사가 물었다.

"혈궁의 무리와 같은 자들을 다루는 일에 적당한 양반들이 있지."

"호법님들을 말씀하시는 거군요."

율사가 대답했다.

"역시 율사야. 나쁘지 않지?"

"아주 적당하지요. 훗날 그들 자신의 문파가 사라져도 그들은 천무맹, 아니, 십자성의 고수로 남을 테니까요."

율사가 빙그레 미소를 지었다.

"연회 준비에 신경들 쓰라고!"

"알겠습니다, 성주!"

십자성의 고수들이 일제히 대답했다.

주흥이 무르익었다.

혈왕 종고는 연회 내내 즐거워 보였다. 그로서는 십자성과의 회합에서 그가 원하는 거의 모든 것을 얻었다고 할 수 있었다.

물론 혈궁의 고수 오십을 부궁주 나융에게 맡겨 십자성에 보내야 하지만 그건 크게 문제가 될 것이 아니었다.

더군다나 그 오십의 고수가 십자성이 아닌 새로 탄생하게 될 천무맹의 근간이 되기 위해 차출된 것이므로 외려 더 많은 고수를 보낼 수도 있는 종고였다.

천무맹, 적풍과 종고가 만든 새로운 무림 세력의 이름이었다.

그간 십자성은 그들의 이름으로 천하 제 문파를 끌어들였으나 혈궁에 이르러서는 감히 그 이름을 십자성에 담을 수 없다면서 적풍이 먼저 천무맹의 창설을 제안했다.

그 제안은 혈왕 종고로서는 생각지 못했던 행운이었다. 천무맹을 누가 주도하는가는 중요치 않았다. 그에게는 십자성이라는 하나의 문파가 아니라 천무맹이라는 연맹체에 속하게 된다는 사실이 중요했다.

그래서 향후 친무맹의 회합체인 천무회의 회주의 자리를 적풍이 맡기로 했을 때조차도 그는 기꺼이 그 자리를 양보하고 권하기까지 했던 것이다. 그러니 연회가 화기애애할 수밖에 없었다.

오늘 연회 준비는 적풍의 십자성이 맡았는데, 적풍은 장강 이무기 도진의 활약으로 천하의 산해진미를 동원해 화려한 연회를 준비했다.

귀한 음식이 상에 가득 놓였다는 것은 그 자체로 즐거운 일이지만 그걸 준비한 사람들의 능력을 가늠하는 데도 좋은 방법이었다.

혈왕 종고는 절강에 위치한 십자성이 이 먼 곳에서 준비한 연회라고는 믿기 힘든 화려한 상차림에 십자성에 대해 새삼스레 감탄하고 있었다.

그렇게 연회가 한창 무르익었을 때 문득 누대 아래서 한 사람이 뛰어 올라왔다. 사내는 급히 혈왕 종고 앞으로 다가서더니 급히 입을 열었다.

"혈왕께 아뢰오!"

"무슨 일이냐?"

혈왕 종고가 취기가 오른 모습으로 물었다.

"지혈문과 독황문의 문주들께서 오셨습니다."

"오! 그들이?"

혈왕 종고가 조금 놀란 표정으로 되물었다.

"그렇습니다. 그분들이 맹주님과 혈왕님을 뵈올 수 있는지를 여쭈십니다."

"그야 당연히… 그들을 만나보시겠소이까? 맹주!"

혈왕 종고가 허락을 하려다 말고 적풍에게 물었다. 그로서는 천무맹의 맹주가 된 적풍의 의사를 묻지 않을 수 없었던 것이다.

그러자 적풍이 대답했다.

"이미 그들은 우리 천무맹과 함께하기로 한 사람들이 아니오? 연회에 참석하는 것은 당연한 일일 것이오."

"하하하, 알겠소이다. 두 분을 모셔 와라!"

혈왕 종고가 사내에게 말했다. 그러자 사내가 고개를 숙여 보이고는 바람처럼 누대 아래로 달려 내려갔다.

지혈문의 문주 두관웅과 독황문의 문주 녹사인의 출현은 연회의 분위기를 단번에 바꿔놓았다.

흥청거리던 누대 위의 잔치는 잠잠해졌고, 장내의 고수들은 공력으로 취기를 날려 버린 후 누대에 오르는 두 사람을 지켜보고 있었다.

두 사람은 모습이 상이했다.

두관웅은 당당한 모습으로 누대에 올랐다. 그는 스스로 이번 십자성과 혈궁의 회합으로 탄생하게 된 천무맹의 산파 역할을 했다고 자부하고 있었다.

반면 독황문의 녹사인의 얼굴에는 경계심이 가득 깃들어 있었다. 그로서는 십자성주 적풍을 처음 만나는 것이었고, 한때 하나의 세력으로 강호에 군림했던 혈궁주 종고와도 조금은 어색한 사이였다.

이유는 간단했다.

혈마련이 해체될 때 독황문주 녹사인 역시 적극적으로 혈왕 종고의 편에 서지 않았기 때문이었다.

물론 그렇다고 그가 다른 두 개의 문파, 백혈귀곡과 사림처럼 지왕종문을 택한 것은 아니지만 그래도 혈왕 종고에게 그에 대한 서운함이 남아 있지 않을까 걱정하지 않을 수 없었던 것이다.

"어서 오시오, 두 분!"

두 사람이 나타나자 혈왕 종고가 누대 위에서 두 사람을 맞았다. 술기운이 사라진 그의 눈은 어느새 형형한 지배자의 눈을 하고 있었다.

"혈왕! 오랜만에 뵙습니다!"

녹사인이 먼저 포권을 해 보였다.

"정말 그렇구려. 거의 여섯 달 만인가?"

"그쯤 되었지요."

"그래, 문 내의 일은 잘 마무리되셨소?"

혈왕 종고가 물었다.

사실 그간 종고가 혈마련의 일을 상의하고자 녹사인을 몇 번 초대했지만 녹사인은 독황문에 피치 못할 사정이 있다면서 중원에 나오길 마다하고 있었다.

물론 그것이 그가 시간을 벌고자 둘러댄 핑계임을 모를 리 없는 종고였다. 그래서 그를 만난 김에 그의 지난 행동을 슬쩍 꼬집어본 것이었다.

그러나 녹사인 역시 노련한 강호의 거두다. 혈왕 종고의 질문을 녹사인이 가볍게 받아 넘겼다.

"걱정해 주신 덕분에 잘 마무리되었습니다."

"하하, 그것참 다행이오. 아아, 이거 실례했소이다. 어서 이쪽으로 오시오."

종고의 말에 두관웅과 녹사인이 누대 위로 올라왔다.

"성주, 다시 뵈어 반갑소이다."

누대에 오른 두관웅이 혈왕 종고는 제쳐 두고 적풍에게 먼저 포권을 해 보였다.

"어서 오시오. 그렇지 않아도 조만간 다시 자리를 마련할 생각이었는데 이렇게 찾아와들 주시니 반갑소이다."

적풍이 진중한 목소리로 대답했다. 그러자 두관웅이 다시 입을 열었다.

"이분은 독황문의 문주이신 녹 대인이시오."

두관웅이 독황문주 녹사인을 소개했다.

"어서 오시오, 녹 대인! 반갑소이다!"

"반겨주니 고맙소이다. 녹사인이라 하오!"

독황문주 녹사인이 적풍에게 정중하게 포권을 해 보였다. 그 모습을 보고 있던 혈왕 종고의 볼이 한 차례 씰룩였다.

인심은 조석변이라지만 그가 혈마련의 련주로서 누렸던 그 모든 권위가 어느새 적풍에게로 가버렸다는 것을 실감하는 종고였다.

그건 연회 중에는 느낄 수 없었던 비참함이었다. 워낙 적풍의 대접이 융숭했기에 그는 자신이 과연 십자성의 성주에게 굴복한 것인가조차 의심스러웠었는데 그 사실을 두관웅과 녹사인이 명확하게 확인해 주고 있는 것이었다.

"자, 앉읍시다. 기왕에 두 분이 오셨으니 연회 따위 집어치우고 향후 천무맹의 행보에 대해서 논의해 보십시다. 어떻소이까, 혈왕!"

적풍이 종고에게 물었다.

"그것도 좋을 듯하오."

종고가 떨떠름한 표정으로 동의했다. 그렇게 해서 연회는 갑자기 파했다.

대신 새롭게 탄생한 천무맹의 향후 행보에 대한 논의가 생각지도 않게 시작됐다.

*   *   *

사람들이 이룡대 밤이라고 부르게 된 그 밤을 강호에선 천무맹의 시작으로 본다.

그날 이후 천하에 천무맹이라는 이름이 퍼졌고, 또한 천무맹의 이름을 가진 강호의 고수들이 천하를 누비기 시작했기 때문이었다.

더군다나 더욱 눈길을 끈 것은 그들의 과감한 움직임이었다. 천무맹은 일단 이룡대에서의 회합이 끝난 지 채 석 달이 지나지 않아 이룡대와 닷새 거리의 황하변 이름 모를 야산을 천무산이라고 칭하고, 그곳에 철옹성 같은 장원을 완성했다.

단 삼 개월 동안의 공사로 지어냈다고는 믿을 수 없이 단단한 장원은 그 규모가 그리 크지는 않았지만 어떤 적도 침범하기 어려울 정도로 튼튼했다.

그런데 정작 사람들의 눈길을 끄는 것은 석 달 만에 완성된 천무산 천무맹의 장원이 아니었다.

사람들의 관심을 독차지한 것은 천무맹의 장원에서 황하로 이어지는 수로를 타고 장원 인근에 정박한 세 척의 배였다. 천무맹에서는 이 세 척의 배를 일컬어 천무비룡선, 천무흑룡선, 천무황룡선이라는 이름으로 불렀다.

세 척의 배는 천무산 천무맹의 장원에 보름을 머물렀다. 그 보름 후 세 척의 거대한 배는 천무맹에 속한 문파들에게서 차출한 고수들을 채워 천무산을 떠났다.

이후 천무맹은 황하와 황해, 그리고 장강에 한 척씩의 용선을 띄우고 무림의 일에 관여하기 시작했다.

천무맹이 세 척의 용선을 띄운 이유는 간단했다. 천무맹이 십자성과 혈마련의 몇몇 문파가 연합했다고 해도 그들의 세력은 북두회나 오랫동안 세력을 넓혀온 지왕종문에 비하면 여러 면에서 부족했다. 천무맹의 수뇌들은 그런 세력의 부족을 속도로 해결하려 했던 것이다.

세 척의 배에 정예 고수들을 실어 천하의 요지 세 곳에 띄워놓고 언제 어디서든 천무맹의 이득을 위해 움직이게 함으로써 그 어떤 세력보다도 빠르게 움직일 수 있는 이점을 취하게 되었던 것이다.

그래서 천무맹 삼용선이 세상에 모습을 나타낸 후 사람들이 천무맹 삼용선을 천무맹 그 자체와 동일시하게 된 것은 결코 지나친 것이 아니라고 할 수 있었다.

세는 급격하게 불어났다.

일단 혈궁이 복속했다는 소문이 퍼지자 망설이던 문파와 고수들이 구름처럼 십자성을 찾아왔다.

황하변 천무산에 천무맹의 장원이 있고, 천하의 이대 강과 황해에 용선이 떠 있음에도 불구하고 뛰어난 자들은 먼길을 걸어 절강의 십자성을 찾아왔다.

이유는 간단했다. 중하게 쓰이고 싶은 자들은 결국 무리의 우두머리를 찾기 때문이었다.

십자성의 성세는 하루가 다르게 변해갔다. 이제 십자성 삼대의 전력은 강호의 누구도 그 속을 알 수 없을 만큼 깊어졌다.

적풍은 삼문협에서 돌아와 다시 십자성에 칩거하고 있었다. 그가 세상에 있든 없든 이제 십자성은 스스로 살아 있는 생물처럼 커져 가고 있었다.

적풍 자신도 그런 십자성을 보며 가끔은 두려운 생각이 들 정도였다. 그러나 다다익선이라고 했던가. 결국 세상을 손에 넣으려면 무리는 클수록 좋다는 생각으로 적풍은 거대해져 가는 세력을 기꺼운 마음으로 받아들이고 있었다.

그러던 어느 날 적풍이 기다리고 있던 소식이 드디어 도착했다. 소식을 가져온 사람 역시 적풍이 기다리던 사람이었다.

"형님!"

문을 열고 십자성 적풍의 처소로 우마가 걸어 들어왔다.

구중심처에 기거하는 제왕처럼 적풍의 처소는 십자성에서 금지에 가까웠다. 그런 적풍의 처소에 제지 없이 드나들 수 있는 사람 몇이 있는데 우마는 그중 하나였다.

"왔어?"

적풍이 언제나처럼 창을 통해 십자성의 정경을 바라보고 있다가 몸을 돌렸다.

"좋은 소식이 있습니다."

"찾았나?"

적풍이 되물었다.

"예."

"어디냐?"

적풍이 급하게 되물었다.

"역시 혈궁주의 짐작대로였습니다. 연경과 그리 멀지 않은 남쪽에 위치한 곳에 있었습니다. 애초에는 이름이 없던 산이라 찾기 힘들었지만 그 산세의 기이함으로 인해 야문의 눈에 들어온 모양입니다."

"그들의 존재는 확인했다고 해?"

"그건 아닌 모양입니다."

"그럼 아닐 수도 있다는 말이군."

"하지만 팔 할 이상 확실한 듯싶습니다."

"어째서?"

"근처에 대원정에 참여했던 연왕 주체의 정예병이 주둔하는 병영이 있다고 합니다."

"그게 왜 근거가 되는 거지?"

"그들이 불광산으로 여겨지는 석산을 먼 곳에서 포위하듯 주둔하고 있답니다. 외인의 출입이 철저히 금해져 누구도 그곳에 접근할 수 없답니다. 그러니……"

우마의 말에 적풍의 눈살이 찌푸려졌다.

"묵안노와 연왕이 생각보다 더 가까운 모양이군."

"연왕 주체는 야심이 큰 사람이지요. 언젠가는 황실 내에서 사달을 낼 거란 소문이 자자합니다."

"주씨 일가 싸우는 것이야 나와 상관없지만 신혈의 피를 이용하려 한다면… 그도 대가를 치러야겠지."

"어떻게 할까요. 제가 가볼까요?"

우마가 물었다.

"아니… 내가 직접 간다."

"형님께서 직접이요?"

"이 일은 아무래도 내가 가야겠지."

"하지만… 위험할 수도 있습니다. 관까지 관여된 일이라면……"

"아우, 우리가 검을 든 이유를 생각해라."

적풍이 말했다. 그 말을 듣자마자 우마가 조금의 망설임도 없이 고개를 숙여 대답했다.

"무슨 말씀인지 알겠습니다. 준비하지요."

"가는 길에 야문의 노인을 만나야겠다."

"무슨 일로……?"

"황하 인근에 밀지를 하나 만들어야겠어."

"밀지를요?"

"음… 십자성의 사람들도 모르는 밀지가 필요하다."

"아!"

우마가 뭔가 깨달은 표정으로 탄성을 흘렸다. 적풍이 신혈족의 비밀스런 터전을 마련하려 한다는 것을 알아챈 것이다.

"세상에 드러나지 않으면서도 사방으로 길이 열려 있고, 가급적 용선의 접근이 용이한 곳이면 좋겠지."

"알겠습니다. 밀지를 꾸미는 것이야 어르신이 맡아주실 겁니다."

"음… 항주에서 용선을 타겠다."

"알겠습니다."

우마가 고개를 숙여 보였다.

*　　　　　*　　　　　*

'성주, 신혈족의 일에 너무 몰두하지 마시게. 넘치는 것은 부족

함만 못하다고 했네. 문주의 행보가 그들을 외려 위험에 빠지게
할 수도 있어.'

십자성을 떠날 때 유령마군 사혼이 한 말이었다. 사혼은 천
무맹이 만들어진 이후 무척 고무되어 있었다. 그토록 바랐지만
그 자신조차 실현할 수 없는 꿈이라 여겼던 군림천하가 실현될
수도 있다는 기대감이 그를 휘어 감고 있었다.

그 기대감이 적풍의 행보를 걱정스런 눈으로 보게 했다. 신
혈족의 일에 너무 몰두하면 결국 대사를 그르칠 수도 있다고
생각하는 사혼이었다.

그러나 적풍은 달랐다.

적풍이 세상에 나온 이유 중 절반은 바로 신혈족의 생존 때
문이었다. 그러니 북두회에 끌려간 신혈족이 억류된 장소를 알
고 난 이후에야 그곳에 가지 않을 수 없었던 것이다.

그렇게 사혼의 걱정을 뒤로하고 십자성을 떠난 적풍 일행은
단출했다.

언제나처럼 쿠샨이 그를 보필하고 있었고, 이번만큼은 따라
가겠다는 고집을 부려 오랜만에 단웅족에서부터 인연을 맺은
무투와 흑웅이 동행하고 있었다.

이산해 역시 동행을 원했지만 그는 이미 유령마군 사혼을
도와 십자성 삼대 중 하나인 태산대를 실질적으로 움직이고
있기 때문에 사혼에게 발목이 잡혀 떠날 수 없었다.

그렇게 네 명의 단출한 일행은 육로를 통해 십자성을 벗어나

닷새 뒤 항주로 들어섰다.

항주에 들어서선 야문의 사람들이 적풍을 맞이했다. 이제 적풍을 대하는 야문의 문도들도 그 태도가 크게 변해 있었다. 천무맹이 만들어진 이후에는 마치 적풍을 천하의 패자인 것처럼 대하는 야문의 문도들이었다.

그들에겐 또한 자부심도 있었다. 애초에 흑사회로 출발한 십자성이 결국 강호의 여러 문파를 불러 모아 천무맹까지 결성할 수 있었던 것은 결국 야문의 도움 때문이었다는 자부심이 있었던 것이다.

덕분에 적풍의 성공은 곧 그들 자신의 성공이란 생각이 있어서인지 적풍을 더 이상 외인으로 대하지 않는 야문의 문도들이었다.

"밀지를 만드는 일이 어려운 것은 아니지요."

야문 문주 나찰녀 적란의 안내를 받아 고력을 만났을 때 고력이 한 말이었다. 이미 우마를 통해 적풍이 황하 인근에 신혈족의 밀지를 원한다는 말을 전해 들은 모양이었다.

"아무래도 준비는 해야 할 것 같아서 말이오."

적풍이 대답했다.

"그렇긴 하지요. 막상 닥치고 보면 그들을 보호할 장소가 마땅치 않으니까. 그런데 너무 성급한 것 아닐까요?"

"성급? 그들을 찾아 내 힘으로 만들라고 한 것은 노야가 아니오?"

처음 적풍이 고력을 만났을 때 고력은 적풍에게 신혈족을 찾아 제이의 검은 사자들을 만들라고 조언했었다.

그런데 이제는 또 그들을 찾는 것이 너무 이른 것 아니냐는 말을 하고 있으니 앞뒤가 맞지 않는 말이었다.

"제가 당시 말씀드렸던 것은 북두회에 잡혀 있는 신혈족을 염두에 둔 것이 아니었습니다. 그들은… 어쩌면 위험할 수도 있습니다."

고력이 말했다. 그러자 야문의 문주 나찰녀 적란이 입을 열었다.

"그들이 묵안노에게 설득당했을 거란 뜻인가요?"

"그랬을 가능성이 없지 않다는 거지. 묵안노라면……."

고력이 대답했다.

그러자 적풍이 말했다.

"그건 이미 예상하고 있는 일이오. 그들 중 배신자가 있어 북두회의 사냥꾼 노릇을 해온 것도 알고 있고……."

"그런데도 그들을 데려오려 하십니까?"

"내게도 생각이 있소."

적풍이 이렇게 과감하게 신혈족을 거두겠다고 말하는 데는 나름대로의 생각이 있었다.

적풍은 전왕의 검, 그러니까 사자검의 기운을 믿고 있었다. 검은 사자들을 충실한 전마의 전사들로 만들었던 그 기운이라면 아무리 묵안노가 감언이설과 협박으로 신혈족을 설득했다고 해도 결국 자신을 따르게 될 것이라는 자신감이 있었다.

그러나 이 사실은 오직 적풍만이 알고 있어야 한다. 전마비록을 통해 깨닫게 된 이 사실은 의천노공 우서한도 모르는 일이었다. 이 마지막 비밀이야말로 우서한을 상대해야 할지도 모르는 최후의 순간을 대비할 수 있는 비책 중 하나였다.

"주군께서 그러하시다면 저야 따르겠습니다."

고력은 심기가 깊은 자다. 이미 적풍의 결심이 선 것을 확인한 이상 더 이상 반대를 하지 않았다.

"문제는 그들을 데리고 나온 이후입니다. 아마도 북두회와 관이 함께 본 맹을 공격할 겁니다."

적란이 말했다.

"그 일 또한 이미 다른 생각이 있소."

"어찌하시려고요?"

적란이 여전히 걱정스러운 표정으로 물었다.

"지왕종문… 그들을 끌어들일 거요."

"지왕종문을요?"

적란이 놀란 표정으로 되물었다. 그런데 적풍이 대답을 하기 전에 고력이 무릎을 치며 말했다.

"그것참 좋은 수입니다. 차도살인의 계라고 할 수 있겠습니다."

"어려운 말이야 난 모르겠고… 애초에 이 일은 신혈족을 데려오는 것 때문에 계획한 일이 아니오. 처음부터 북두회의 급소를 건드려 지왕종문과 북두회 간에 싸움을 일으켜 보려는 목적이었소. 북두회의 급소라면 당연히 묵안노 마한인데 마침 혈왕 종고에게 마한이 비밀스레 관리하고 있는 불광산 천불동에 대한 이야기를 듣게 된 것이오."

"그렇군요. 일이 그렇게 된 것이군요."

고력이 안심한 듯 고개를 끄떡였다.

적풍이 신혈족을 구하기 위해 무리를 한 것이 아니라 외려 신혈족을 구하는 일은 부수적인 것이었음을 확인했기 때문이었다.

"그런데 그들을 어떻게 끌어들이지요?"

적란이 물었다.

"한 가문이 묵안노에 의해 천불동에 머물고 있다는 사실을 알려주면 되오."

"한 가문이라면… 아! 천의비문을 말씀하시는 거군요?"

"그렇소. 염화마군이 천하대사도 미뤄두고 찾는 가문이니 그는 반드시 움직일 것이오."

"정말 거부할 수 없는 미끼군요."

적란이 고개를 끄떡였다.

"이러거나 저러거나 결국 천불동에 있는 자들의 마음이 문제군요."

고력이 중얼거렸다.

비록 적풍에게 대책이 있다고는 했으나 여전히 그가 생각하기에는 어려운 문제로 보이는 듯했다.

"같이 가겠소?"

갑자기 적풍이 고력에게 물었다.

"나? 나 말입니까?"

고력이 놀라 황망하게 되물었다.

"밀지를 만들 곳까지라도 갑시다."

"그, 그것이……."

"어렵소?"

적풍이 다시 물었다. 그러자 고력의 표정이 급격하게 어두워졌다. 그러다가 나직하게 절망이 깃든 목소리로 말했다.

"이 몰골로 말입니까?"

고력이 두 손을 들어 올렸다. 바짝 말라 뼈밖에 남지 않은 그의 몰골이 처량하다.

"천의비문 사람들을 만나면 고칠 수 있지 않겠소?"

"후우… 그러자면 결국 그의 귀에 들어갈 겁니다."

"누구 말이오?"

"의천노공이든 묵안노든……."

이제 보니 고력은 그 월문의 사형제를 무척 두려워하고 있었다. 몰골의 추레함은 그저 핑계일 뿐인 것이었다.

"복수를 하고 싶지는 않소?"

"그래서 주군을 섬기지 않습니까?"

"후후, 대신 복수를 해달라는 말이군. 말이 주군이지 결국 내가 그대의 심부름꾼인가?"

"무슨 그런 말씀을……."

고력이 얼른 고개를 저었다.

"아무튼… 밀지까지는 갑시다. 세상에 얼굴을 드러내고 싶지 않으면 그리하시오."

"어째서 제가 꼭 가야 합니까?"

고력이 다시 물었다.

밀지를 만드는 것이야 십자성이나 지혈문의 터에 짓는 것처럼 진법도를 그려주면 되는 일이었다.

"일이 잘되면… 그곳을 그대가 맡아줬으면 해서 그렇소."

"이 늙은이가 말입니까?"

고력이 화들짝 놀란 눈으로 적풍을 바라봤다. 나찰녀 적란 역시 적지 않게 놀란 표정이다.

"싫소?"

적풍이 물었다.

"그… 그런 것은 아니지만 왜 나입니까?"

늙은 고력이 아이처럼 물었다.

"그대야말로 세상의 모든 것으로부터 무엇인가를 숨길 수 있는 가장 적당한 사람이니까."

적풍이 말했다.

"내가 그런 사람으로 보입니까?"

"그렇소."

적풍이 대답했다. 그러자 고력의 얼굴빛이 어두워졌다. 바꿔 생각하면 적풍이 여전히 자신을 믿지 않는다는 의미기 때문이었다.

"혹, 십일선과 십이선의 문제로 그리 생각하시는 겁니까?"

"그러고 보니 그 문제도 있었구려. 그들을 내가 볼 수 있겠소?"

"흐흐, 이거 늙은이가 노파심에 긁어 부스럼을 만들었군요."

고력이 실소를 흘렸다.

당장 적풍에겐 십일선과 십이선에 대한 생각이 없었는데 그가 자신을 못 믿는 것이 그 두 사람 때문이라 생각해 제풀에 먼저 그들의 이야기를 꺼냈던 것이다.

그러나 고력으로서도 그리 생각할 수밖에 없었다. 삼문협에서 돌아온 장강 이무기 도진이 두 사람에 대해 적풍이 관심을 가지고 있다는 말을 전했기 때문이었다.

"볼 수 있소?"

"당장은 어렵습니다. 제법 먼 곳에 있지요. 하지만 곧 보여 드리겠습니다."

"그건 좋을 대로 하시오. 아무튼 같이 가는 거요?"

"이렇게 된 이상 더 거절할 수도 없군요. 그리하지요."

"좋소이다. 내일 바로 떠납시다."

"알겠습니다. 그런데……."

"말하시오."

"전 용선을 타지는 않겠습니다. 다른 배로 용선을 따르지요."

"그건 상관없소."

적풍의 대답하고는 자리를 털고 일어나 고력의 거처를 나갔다. 그러자 적란이 기다렸다는 듯이 물었다.

"정말 십일선과 십이선을 성주께 보여 드릴 생각이신가요?"

"그래야겠지."

고력이 대답했다.

"하지만……."

"그러게 말이다. 나도 두 사람은 영원히 그 누구에게도 드러나게 하고 싶지 않았다. 야문의 운명이 걸린 아이들이니까. 그러나… 그에겐 적당이란 말이 통하지 않을 것 같구나."

"두려우세요?"

"두렵구나. 마치 전마를 보는 것처럼……!"

고력이 눈을 감으며 대답했다.

배는 이른 아침에 떠났다.

배를 움직이는 사람은 장강 이무기 도진, 그는 천무맹 세 척의 용선 중 장강에 떠 있는 천무흑룡선을 책임지고 있었다.

배 안에는 천무맹의 고수 오십여 명이 머물고 있었고, 어느새 그들은 장강 이무기 도진의 충실한 수하들이 되어 있었다.

그건 도진에게 용선의 하나를 맡긴 적풍마저도 놀란 일이었다. 처음 그에게 용선 중 하나를 맡길 때는 천무맹의 고수들은 물론 십자성의 고수들도 의문을 가졌으나 지금에 와서는 누구도 장강 이무기 도진이 천무흑룡선의 선주임에 의문을 가지는 사람이 없었다.

이유는 간단했다.

물과 배에 관한한 도진을 따를 자가 천하에 없다는 것이 드러났기 때문이었다.

도진은 수공에만 능한 것이 아니었다. 그는 수전에도 능해서 지난 몇 달 사이 천무흑룡선을 이끌고 장강에서 활동하는 수

채 여러 곳을 복속시켰다.

그 덕에 장강에서 천무맹은 절대적인 위치를 점할 수 있었다.

천무흑룡선에 오른 천무맹의 고수들은 도진이 수채들을 점령해 가는 과정을 곁에서 보았고, 그로 인해 적어도 천무흑룡선 위에선 도진에 대한 절대적인 믿음을 가지게 되었던 것이다.

"신혈족은 어쩔 수 없는 것인가?"

적풍이 도진의 명에 따라 일사불란하게 움직이는 용선 위 천무맹의 무사들을 보며 중얼거렸다.

천무맹의 고수는 대부분 험하게 살아온 자들이라 누군가에게 쉽게 복종하지 않는 자들이었다. 그런 그들을 복종시킨 도진의 힘을 적풍은 그가 지닌 신혈의 피에서 찾고 있었다.

"그도 신혈족이었습니까?"

쿠샨으로서는 처음 듣는 말이었다.

"그렇소."

적풍이 대답했다.

"역시 그렇군요. 범상치 않다 생각하고 있었습니다. 그런데… 이상하군요."

"뭐가 말이오?"

"이골마… 아니, 신혈족의 기운이 전혀 드러나지 않아서 말입니다."

"야문에 오랫동안 몸담은 사람이오. 자신을 숨기는 데 무척 능숙하단 뜻이오. 아마 신혈족 중 자신의 본색을 가장 잘 감추는 인물일 거요."

"그렇군요. 그런데 야문의 문주도 알고 있는 일입니까?"

"알고 있소."

적풍이 고개를 끄떡였다.

"그렇다면 참으로 대범한 여인이군요. 신혈족을 수하로 두다
니……."

"후후 신혈족을 정인으로 두기도 했잖소?"

적풍이 실소를 흘렸다.

"아! 그리고 보니 그렇군요. 비마대주와는 여전히 잘 지내나
보군요."

"세상일이 안정되면 혼인을 할 것 같소. 물론 지금도 부부나
다름없지만……."

"강한 여인입니다."

"아우의 여자가 되려면 그래야 할 거요."

적풍이 대답했다.

그때 배의 중간에서 도진이 적풍을 보며 소리쳤다.

"성주! 이제 곧 운하로 들어섭니다."

도진의 외침에 적풍이 고개를 끄떡였다. 그러자 배가 크게
원을 그리며 장강의 물살을 가르더니 북쪽으로 이어진 대운하
를 향해 전진하기 시작했다.

제7장
불광산 천불동

"일은?"

묵안노 마한이 삼제자 구룡에게 물었다.

"열흘 안에 모두 옮길 수 있습니다."

"모두 몇이지?"

"총 삼백이십입니다."

"음… 그렇게 많았나?"

"데려온 자가 이백오십, 나머지는 천불동에서 태어난 아이들입니다."

"태어난 아이들이 중요해."

"알고 있습니다."

"데려온 자들은 적대감을 감추고 살기 위해, 혹은 이득을 위해 날 따른다. 그러나 태어난 아이들은… 북두회, 정확히는 나에 대한 적대감이 옅다."

"그렇지요."

구룡이 짧게 대답했다.

"여전히 불만인 거냐?"

"의로운 방도가 아닙니다."

"의(義)라… 무엇이 정(正)이냐? 어두운 것을 밝게 고쳐 쓰는 것도 곧 정(正)이고 의(義)다."

"그들은 애초에 어두운 자들이 아니었습니다."

"아니지. 애초에 어두운 자들이었다."

"그들의 심성을 아시지 않습니까?"

"어리구나. 그들의 심성은 아무 상관없다. 단지 그들이 보통의 사람들과 다르다는 것! 그것만으로도 그들은 불의(不義)하다. 자신과 다른 자를 사람들은 불의로 본다. 진실은 상관없다. 그게 세상의 인심이야. 그래서 그들은 불의하다. 난 그런 그들에게 세상의 평판을 바꿀 기회를 주는 것이다. 그래서 선(善)이다."

마한의 말에 구룡이 묵묵부답 말이 없다. 궤변이라고 생각하는지도 모른다. 그러자 마한이 혀를 차며 말했다.

"구룡 넌 너무 곧아. 그래서는 세상을 이끌 수 없다."

"그 일이야 사형이 하시겠지요."

"흐흠… 돈오라. 그렇지, 녀석의 포용력이야말로 내가 원하던 거지. 하지만 이걸 아느냐?"

마한이 나직하게 물었다.

"무엇을 말입니까?"

"그럼에도 내가 너희 세 사형제 중 널 가장 좋아한다는 것을……."

"사부!"

"이유는 간단하다. 넌 내가 갖지 못한 그 무엇, 내가 동경했던 그 무엇을 가지고 있기 때문이다. 다른 사람이면 시기했겠지. 그러나 넌 내게 자식 같은 제자다. 그래서 네가 좋구나."

"스승님!"

구룡이 안타까운 시선으로 마한을 바라봤다.

"네겐… 월문 법사의 기상이 있어. 네가 날 만나지 않고 사제를 만났다면 아마 사제는 널 자신의 후계자로 정했을 것이다. 소월, 그 어린아이가 아니라."

"항상 스승님을 만난 것을 행운으로 여기고 있습니다."

구룡이 대답했다.

"고맙구나. 하지만 월문 법황이 무엇을 할 수 있는지 알게 된다면 넌… 날 만난 것을 크게 한탄할지도 모른다."

"절대 그럴 일 없습니다."

구룡이 다부지게 말했다.

"후후, 바로 그런 모습이지. 흔들리지 않는 마음, 그 외골수의 성정이야말로 월문 법황에게 어울리는 것이지."

마한이 만족한 듯 고개를 끄떡였다.

"지금이라도……."

구룡이 말을 하다 말고 마한의 표정이 변하는 것을 보고는 입을 닫았다.

그러자 마한이 음울한 목소리로 말했다.

"후회는 없다. 애초에 난 그릇이 아니었다. 그러나 넌 다르다. 넌 충분히 월문 법황이 될 자질을 가졌다. 그래서 세상을 내 손에 틀어쥐는 게 중요해. 세상을 내 손에 쥐고 사제를 찾아가겠다. 그리고 널 보여주고 요구하겠다. 법황의 재목으로 충분하지 않느냐고. 그리하여 월문은 너에게, 세상은 돈오에게 맡기겠다. 이것이 나 마한의 꿈이다. 알겠느냐?"

당장에라도 천하를 쪼갤 듯한 안광이 마한에게서 토해졌다. 그 강렬한 기운 앞에서 남다른 정신력을 지닌 구룡조차도 머리를 조아렸다.

"명심하겠습니다, 사부!"

"돈오에게 전서를 보내라. 내일부터 천불동을 비우라고."

"알겠습니다!"

"참으로 번거로운 일이야. 혈궁을 떠나보낸 대가가 생각보다 크군. 그자의 입을 걱정해서 천불동을 비워야 하다니."

"문제는 관군입니다."

"도연에게 기별을 넣었으니 길을 열어줄 게다."

"그렇다면 걱정 없습니다."

"이 일로 석 달을 손해 보는구나. 쯔쯔!"

"그런데 굳이 이렇게까지 해야 할 필요가 있을까요? 혈궁주는 천불동의 정확한 위치도 모르지 않습니까?"

구룡이 물었다.

"나도 잠깐 고민을 했다만 혈궁주는 줄곧 천불동에 관심을 보였었다. 더군다나 이골마족을 다루는 내 방식에도 의심의 눈초리를 보내고 있었지. 어떤 식으로든 화근이 될 수 있다. 옮기는 것이 좋아."

"천의비문의 요구는 어찌할까요?"

"대법에 관여하는 사람만 남고 나머지는 다른 곳으로 가겠다는 것 말이냐?"

"그렇습니다."

"불가(不可)한 일이다. 나누면 그들을 통제하는 데 어려움이 있을 수 있어."

"꼭 그렇지만도 않습니다."

구룡이 말했다.

"무슨 말이냐?"

"둘로 나뉘면 양쪽 모두 함부로 행동하지 못할 겁니다."

구룡의 말에 마한의 눈빛이 살짝 변했다. 그러고는 가만히 고개를 끄떡였다.

"듣고 보니 그럴듯하구나. 한쪽이 한쪽의 인질이 될 테니까. 좋아. 그렇게 하도록 해라. 시술을 하는 자들은 이골마족과 함께 옮기고 나머지는 스스로 거처를 정하게 하라."

"그리하겠습니다."

구룡이 대답했다.

　　　　*　　　　　　*　　　　　　*

　작은 체구를 가진 두 그림자가 대명 연왕의 군막들이 즐비하게 늘어선 숲을 조용히 이동하고 있었다. 어둠이 짙게 내려 세상이 어두웠지만 그렇다고 해도 번을 서는 자들이 적지 않은 군영을 우회해 이동하는 것이 그리 쉬운 일은 아니었다.

　그러나 두 그림자는 군병들의 시선을 피해 바람처럼 움직여 어느새 군막을 뒤로하고 산 중턱에 이르렀다.

　"잠시 쉬자꾸나."

　입을 열어 걸음을 멈추게 한 것은 뒤따르던 유취려였다. 그러자 설루가 걸음을 멈추고 유취려를 돌아봤다.

　"힘드세요?"

　"후후, 녀석아. 비록 나이가 많다 해도 내 공력은 너보다 낫다. 네가 비록 비문의 신술로 공력이 급격히 높아졌다 해도 말이다."

　"후후, 맞아요. 제가 괜한 걱정을 했어요. 하지만……."

　"하지만 뭐냐?"

　유취려가 부드럽게 물었다. 본래 유취려는 비문에서나 강호에서나 그 성정이 냉정한 사람으로 유명했다. 그런데 설루에게는 한없이 인자한 할머니의 미소를 보여주고 있었다.

　"요즘 들어 부쩍 피곤해하시는 것 같아서요. 걱정이 많으셔서 그러세요?"

　"음… 아니라고는 할 수 없구나."

유취려의 얼굴이 어두워졌다.

"과연 문주께서 사부님의 말씀을 들을까요?"

"글쎄… 솔직히 말하면 자신이 없구나. 문주는 두려움이 많은 사람이다. 그가 과연 묵안노의 손에서 벗어날 용기가 있을지 모르겠다."

"그럼 괜히 가는 것 아닌가요?"

"그래도 가지 않을 수 없다. 다시 검은 사자들이 탄생하는 것은… 그래서 그들이 묵안노의 손에 들어가는 것은 나로서는 두고 볼 수 없는 일이다. 내가 경험했던 묵안노는 야심이 큰 자였다. 이리 같은 자지. 이상한 일이야. 월문은 성스러운 법을 이은 신비한 문파로 알려졌는데 어떻게 그런 자가……."

유취려가 혀를 찼다.

"그가 의천노공 우서한의 사형이라고 하지 않았나요?"

"그랬지."

"의천노공은 검은 사자들의 시간을 끝낸 사람이잖아요?"

"맞다."

"그런데 왜 의천노공이 이 일에 동의한 걸까요?"

"나도 그게 궁금하다. 의천노공은 무척 의로운 사람으로 알려졌는데……. 사실 조금 의심 가는 일이 있기는 하다."

유취려가 심각한 표정을 말했다.

"뭐가요?"

"의천노공 우서한이 강호에 모습을 보이지 않은 것이 벌써 십 년이 넘었다. 그렇다면 그에게 무슨 일이 생기지 않았다고 어찌 확신할 수 있겠느냐?"

"설마 그가 죽었다는 건가요?"

"그럴 수도 있다. 그렇지 않다면 묵안노가 감히 검은 사자를 다시 탄생시키려 할 수 없다. 만약 그게 아니라면 우린 아주 무서운 가정을 해야 한다."

유취려의 말에 설루가 떨리는 입술로 말했다.

"그러네요. 이 모든 일의 주도자가 우서한이라는……."

"후우… 부디 그런 일이 없기를 바라야지. 묵안노라면 강호가 감당할 수 있으나 우서한은……."

"그렇게 대단한 사람인가요?"

"전마와 검은 사자들을 홀로 수장시켰다. 그걸로 모든 것이 설명되는 인물이지. 사실 지금 무림이 지왕종문의 출현으로 혈운 가득하지만 의천노공 우서한이 나선다면 지왕종문의 득세도 하루아침에 막을 내릴 것이다."

"아… 정말 그렇다면 대단한 사람이네요."

설루가 탄식했다.

"그래서 더더욱 가봐야겠다. 이 일 뒤에 의천노공이 있다면… 무림은 전대미문의 위기에 처하게 될 것이다."

유취려가 동쪽 산등성 위에 떠 있는 달을 보며 말했다.

텅 빈 공터, 황량한 공기… 그런데 사람의 자취는 남아 있다. 유취려와 설루의 표정이 어두워졌다.

천불동은 비어 있었다. 천의비문 문도들을 만날 수 있을 거란 기대는 금세 실망으로 바뀌었다.

"떠난 지 얼마 되지 않았나 봐요."

설루가 말했다.

"그렇구나. 공기에 온기가 남아 있어."

"어디로 갔을까요?"

"글쎄다… 흔적을 찾아보자꾸나."

유취려가 빠르게 신형을 움직이기 시작했다. 설루는 그런 유취려를 따라 면밀하게 천불동에 가득한 초가들을 살폈다. 그러던 한순간 두 사람의 걸음의 거의 동시에 멈춰졌다.

한 채의 기와집, 모든 집이 초가인 중에 오직 그 하나의 건물만이 기와로 된 집이다. 그곳에서 두 사람의 익숙한 문자와 마주했다. 천의비문 사람들만이 쓴다는 그 신비의 문자였다.

"뭐라고 써 있나요?"

설루가 유취려에게 물었다. 아직 설루는 천의비문의 글을 읽을 수 없었다.

"묵안노가 이곳에 있던 사람들을 다른 곳으로 옮겼다는구나. 그리고… 천의비문의 사람들은 둘로 나뉘었다."

"둘로 나뉘었다고요?"

"그래. 문주를 제외하고 이골마족의 잠력을 깨워내는 일에 관여하는 비문의 노의원들은 이골마족의 새로운 거처로 옮겨갔고, 나머지 사람들은 문주의 통제하에 비문의 새로운 터전으로 옮겼다는구나."

"새로운 터전이오?"

"음……."

유취려가 고개를 끄떡였다.

"그곳이 어딘가요?"

"동해 월출산이라는 곳이다."

"아시는 곳인가요?"

"음… 본 문의 비처 중 하나지. 오십여 년 전 본 문의 전설적인 선대 고수 중 한 분이셨던 해선 유오궁 노사께서 은거하셨던 곳이다."

"찾아가실 수 있으세요?"

"그렇기는 한데… 어느 쪽이 급한 건지."

유취려가 아미를 모으며 중얼거렸다.

"일단은 문주님을 만나는 것이 우선 아닌가요?"

"그렇구나. 일이 복잡할 때는 단순하게 생각하는 것이 좋지. 네 말대로 문주를 만나는 것이 우선인 듯싶다. 떠난 지 겨우 하루, 서둘면 금세 따라잡을 수 있을 게다."

유취려가 급하게 신형을 날렸다.

*   *   *

"마군!"

흐린 그림자 같던 음영이 한순간 사람으로 변했다. 차가운 인상에 텅 빈 동공을 가진 자다.

"찾았는가?"

염화마군 철륵이 붉은 기운이 감도는 눈으로 물었다.

외롭게 서 있는 봉우리 위, 그 아래로 불광산을 멀리서 둘러싸며 포진한 연왕 주체의 병력이 내려다보인다.

"두 갈래로 길이 갈렸습니다."

"그래? 곤란하군."

염화마군 철륵이 슬쩍 고개를 주억거렸다. 그러자 그의 머릿짓에 따라 주변의 공기가 웅웅거리는 소리를 냈다. 의도하지 않아도 흘러나오는 그의 전율적인 기운이 그를 따르는 자들을 두렵게 만들었다.

"어느 쪽이든 추격을 시작하면 이틀 안에 따라잡을 수 있습니다."

"그건 다행이군."

"한쪽은 이골마족, 한쪽은 천의비문의 의원들입니다. 어느 쪽을 쫓을까요?"

사내가 물었다. 그러자 철륵이 기다리지 않고 말했다.

"물론 둘 모두 필요하다. 그러나 그래도 더 중요한 것은 천의비문의 의원들이다. 그들이 있어야 형제들이 깨어날 수 있어. 잡종들이야 어차피 소모품으로 쓸 자들이었고……."

"알겠습니다. 그럼 비문을 추격하겠습니다."

"최대한 빨리… 그리고 은밀하게. 내가 강호에 나온 것을 북두회에서 알게 된다면 아마도 전력을 기울여 공격해 올 것이다."

"알겠습니다."

사내가 고개를 숙여 보이고는 다시 음영으로 바뀌어 순식간
에 자취를 감췄다.

"우리도 가자."

염화마군 철륵이 마치 봉우리에서 떨어지듯 한 걸음 앞으로
발을 내디뎠다. 순간 그의 신형이 미끄러지듯 산을 타고 내려
가기 시작했다.

*   *   *

"종적이 끊겼습니다."

우마가 달려와 적풍에게 고했다.

"어렵겠어?"

"쉽지 않습니다."

"제길!"

적풍이 욕설을 내뱉었다.

적풍이 수하들을 이끌고 불광산 천불동에 들어갔을 때는 이
미 천불동이 깨끗이 비워진 이후였다.

그나마 초가의 아궁이에 미세하게나마 온기가 남아 있음을
확인하고 급히 추격에 나섰지만 결국 하루가 되기 전에 떠난
자들의 종적을 잃고 만 것이다.

"이렇게 됐으니 이제 다른 쪽으로 간 자들을 추격하지요."

우마가 조심스레 말했다.

"연락이 왔어?"

"예. 아무래도 천의비문 사람들인 것 같습니다."

"천의비문이라… 묵안노와 갈라선 건가?"

적풍이 중얼거렸다.

"묵안노가 그리 쉽게 그들을 놓아줬겠습니까? 아마도 필요한 자들은 남겨뒀을 겁니다."

"그렇겠군."

"가보시겠습니까?"

우마가 물었다.

"글쎄……."

"뭘 망설이십니까? 천의비문 문주를 만나면 묵안노의 사정을 세세하게 알 수 있을 겁니다."

"그렇긴 하지."

그러나 망설여진다. 천의비문의 문주 유천궁을 대하고도 평정심을 유지할 수 있을지 장담할 수 없었다.

어쩌면 그의 목을 날려 버릴 수도 있었다. 자신과 어머니를 내쫓은 자를 아무렇지도 않게 대할 수는 없었다. 그가 자신의 혈육이라 해도 마찬가지였다.

더군다나 유천궁이 그의 외숙부라는 사실을 아는 사람은 십자성에 없다. 그러나 결국 지금은 그를 만나야 할 때다.

"가보자!"

적풍이 명했다.

"알겠습니다, 형님!"

우마가 고개를 숙여 보이고는 불광산의 한 봉우리에서 귀신처럼 사라졌다.

*　　　　*　　　　*

　유천궁은 작은 천막 앞에 모닥불을 피우고 앉아 밤하늘을 바라보고 있었다. 차가운 바람이 몸서리를 치게 야멸차지만 그래도 모닥불의 온기로 버텨낼 수 있는 밤이다.

　"후우……!"

　유천궁이 길게 한숨을 쉬었다. 그러면서 자신도 모르게 중얼거렸다.

　"어쩌다가 이런 신세가 되었을까?"

　"아버님! 너무 상심 마세요."

　"맞습니다, 숙부님! 몸이 상하실까 두렵습니다."

　왼쪽에 앉아 있던 이십 대 후반 여인의 말을, 반대쪽에서 삼십 대 초반의 사내가 거들었다.

　"너희들 보기에 부끄럽구나."

　"그게 무슨 말씀이세요."

　여인이 책망하듯 말했다.

　"본 문은 강호에서 신성함을 인정받는 가문이었다. 그 어떤 문파도 감히 본 문을 겁박하지 못했지. 정사를 떠나 강호의 모든 세력이 본 문의 의술을 동경했다. 그들 중 천의비문의 은혜를 받지 않은 자가 없었으니까. 그런데 이제는 오갈 곳 없이 천하를 떠도는 신세가 되어버렸구나."

"갈 곳이 왜 없어요. 월출산으로 가고 있잖아요?"

여인이 대꾸했다.

"그곳에서 또 언제 떠날지 알 수 없는 일이 아니냐?"

"이번엔 달라야죠."

"어떻게 말이냐?"

"언제까지 그자의 협박에 굴복할 수는 없어요."

"말을 조심해라. 그자의 사람들이 우릴 따르고 있음을 잊지 마라!"

"그들은 언제라도 제압할 수 있잖아요?"

"물론 그렇지만 그렇게 되면 사대의선과 의선들을 돕는 문도들이 위험하다. 사대의선이 없고서야 어찌 천의비문이 있겠느냐?"

유천궁이 고개를 저으며 말했다.

"정말 영악한 자입니다. 의선님들을 볼모로 잡은 후 선심 쓰듯 우리를 놓아준 것을 보면……."

젊은 사내가 살기를 드러내며 말했다.

"사대의선 모두를 데려갈 줄은 나도 몰랐구나. 적어도 두 사람은 남았어야 후일을 도모할 수 있는 것인데……."

유천궁이 다시 한숨을 내쉬었다.

"이번 일이 끝나면 세상은 어떻게 변할까요?"

젊은 여인이 말머리를 돌렸다.

"아주 많이… 그리고 우리가 상상하지 못했던 세상이 되겠지."

"그는… 세상을 지배하기에 괜찮은 사람일까요?"

여인이 다시 물었다.

"역비야, 무슨 그런 말이 있느냐? 그런 자가 어찌 세상을 지배할 수 있는 자란 말이냐?"

삼십 대 초반의 사내가 화를 내며 말했다.

"세상을 지배하는 것과 선한 것은 다르니까요."

여인이 차분하게 대답했다.

"흥, 그자의 그 간교함은 결국 세상을 혼란에 빠뜨리고 말거다. 그는… 잔혹하고 이기적인 사람이야."

사내가 단정하듯 말했다.

"아버지도 그렇게 생각하세요?"

여인이 유천궁에게 물었다.

그녀는 천의비문의 문주 유천궁의 유일한 혈육인 유역비다. 그리고 그 옆에서 묵안노 마한에 대해 분노를 터뜨리고 있는 사내는 유천궁의 조카인 유요였다.

본래 천의비문은 간혹 여인이 문주일 때도 있었지만, 반드시 그다음 대에는 다시 유씨 성을 가진 사내를 문주로 정했기에 유요는 그 자신이나 혹은 그 아들 대에는 결국 천의비문의 주인일 될 신분이었다.

또 특별한 경우 족내 혼인을 시도하기도 하는데, 최근 고난을 겪고 있는 천의비문 내에서는 혈족의 유대를 강화하기 위해 유요와 유역비의 혼인 이야기가 조심스레 거론되고도 있었다.

"글쎄다. 나로선 잘 모르겠구나."

유천궁이 두루뭉술하게 말했다.

그런데 그때였다. 갑자기 어둠 속에서 차가운 여인의 목소리가 들렸다.

"문주는 여전히 우유부단하시구려. 마한 같은 자가 세상을 지배하는 것에 대해서조차 자신의 의견을 내놓지 못하니 말이오."

순간 유천궁 등 삼 인이 동시에 자리에서 튀어 일어났다. 그러고는 누가 먼저랄 것도 없이 품속에 손을 넣어 천의비문이 절대의 비술로 사용하는 은침들을 꺼내 들었다.

"누구냐?"

유요가 낮은 목소리로 어둠 속을 보며 물었다. 그러자 어둠 속에서 두 사람의 여인이 모습을 드러냈다.

"요, 너도 이제 나이가 들었구나!"

백발의 여인이 어둠 속에서 걸어 나오며 유요를 보고 말했다. 순간 유요 대신 유역비가 놀란 목소리로 소리쳤다.

"왕고모님!"

"오냐, 역비야. 잘 있었느냐?"

백발의 여인, 유취려가 유역비를 보며 미소를 지었다. 그녀의 얼굴에서 미소가 보이는 것은 드문 일인데 유역비를 보는 그녀의 시선은 다른 때와 달리 부드럽기 이를 데 없었다.

"고모님!"

유천궁이 당황한 표정으로 서 있다가 유취려를 향해 가볍게 고개를 숙여 보였다.

"문주, 오랜만이오."

"어떻게 여기에……."

"참으로 신세가 곤궁하시구려. 동생까지 내쫓으며 지키려 했던 영화인데……."

"고모님, 그 일은……!"

"됐소. 지난 일은 거론하지 않기로 결심을 했는데 나도 모르게 그만 말이 나왔구려. 그 일은 다시 거론치 맙시다."

유취려가 손을 들어 유천궁의 말문을 막으며 말했다. 그러자 유천궁이 불만스런 표정을 짓다가 이내 한숨을 쉬었다.

"안으로 드시지요."

유천궁이 모닥불 뒤쪽 자신의 천막을 보며 말했다.

"아니, 달빛도 좋으니 이곳이 좋겠구려. 마음도 답답하고……."

유취려가 고개를 저으며 모닥불 한쪽에 자리를 잡고 앉았다. 그러자 유천궁도 지친 듯 본래 앉아 있던 곳에 주저앉았다. 그러다가 문득 설루를 발견하고는 유취려에게 물었다.

"이 소저는?"

"저런, 미처 문주께 인사를 시키지 않았군. 루야, 인사드리거라. 본 문의 문주시다. 문주, 내가 늘그막에 제자를 한 명 들였소."

"제자를요?"

유천궁이 조금 놀란 표정으로 되물었다. 유취려는 명의가 가득한 천의비문에서도 손에 꼽히는 의술을 지니고 있어 비문의 문도들이 그녀의 제자가 되는 것을 소원했었다.

그럼에도 유취려는 비문을 떠날 때까지 한 명의 제자도 들이지 않았다. 그녀가 의술을 가르친 것은 적풍의 어머니 유하가 마시막이었다. 유하가 천의비문에서 퇴출된 이후에는 그 누구에게도 자신의 의술을 전하지 않은 유취려였다.

그런데 비문의 인재들을 놓아두고 밖에서 제자를 들였으니 한편으로는 서운한 일이기도 하고, 한편으로는 의외의 일이기도 했다.

"문주께 인사드립니다. 설루라고 합니다."

설루가 조심스레 유천궁에게 인사를 했다.

"음… 고모님의 제자가 되었다니 축하할 일이네. 수련에 매진해 비문에 필요한 사람이 되길 바라네."

설루는 유천궁의 말이 차갑게 느껴졌다. 그럼에도 설루는 담담히 대답했다.

"명심하겠습니다."

그러자 유취려가 미소를 지으며 유천궁에게 물었다.

"루는 재능 있는 아이요. 잘 가르치면 비문의 동량이 될 거요. 그나저나 루를 내 제자로 인정한다는 것은 내가 문으로 돌아오는 것을 허락한다는 뜻이오?"

유취려의 말에 유천궁이 불만스런 표정으로 대답했다.

"언제 제가 고모님께 본 문을 떠나시라했습니까? 고모님 스스로 떠나신 거지요. 그러니 돌아오시는 것도 고모님 마음에

달린 문젭니다. 더군다나 지금 문의 사정이 이러하니 돌아오신다면 저야……."

유천궁이 말꼬리를 흐렸다.

"고맙소. 떠날 때는 마음대로 떠날 수 있어도 돌아올 때는 그렇지 않은 곳이 비문임을 내가 왜 모르겠소."

"그야 다른 사람에게나 해당하는 일이지 고모님께는 상관없는 일이지요. 저로선 고모님이 돌아오신다면 고마울 뿐입니다. 지금 본 문의 상황이……."

이때만큼은 유천궁도 힘겨운 내색을 고스란히 드러내 보였다.

"후우… 문주, 왜 이리 의기소침해지셨소?"

"비문을 망친 제가 어찌 떳떳할 수 있겠습니까?"

"문주, 비문을 망친 것은 문주가 아니오."

유취려의 말에 유천궁이 의아한 표정으로 그녀를 보며 물었다.

"고모님께서 그런 말씀을 하실 줄은 몰랐습니다. 언제나 절 못마땅해하지 않으셨습니까?"

"그게 아니오. 난 문주가 비문의 그 누구보다 비문을 사랑하고 본 문의 의술에 통달했다는 것을 알고 있소. 그런 문주가 어찌 못마땅하겠소. 단지… 나로선 문주가 좀 더 강하게 그를 대했으면 했었을 뿐이오."

"동생을 떠나보낸 일은… 사실 아직도 후회하지 않습니다."

"음……."

유천궁의 말에 유취려가 나직하게 침음성을 흘렸다. 그녀 역시 유천궁의 말에 동의할 수 없다는 뜻이다.

"그 일은 어떻게 생각하실지 모르겠지만 유하를 위한 일이었습니다. 물론 제 판단이었지만……."

"그게 무슨 말이오? 그 아이를 위한 일이었다니……."

"만약 그때 유하가 본 문을 떠나 자취를 감추지 않았다면… 묵안노와 북두회 일곱 가문의 수장들이 그냥 놓아두었겠습니까? 반드시 그 아이와 동생이 낳은 아이를 데려갔을 겁니다. 특히 묵안노 그자는……."

"그런 요구가 있었소?"

유취려가 물었다.

"그렇습니다."

유천궁이 대답했다.

"그런데 왜 당시에는 그 말을 하지 않은 거요?"

"그랬다면… 문의 어른들이 어찌 결정할지 확신할 수 없었지요."

"그게 무슨 말이오?"

"그 아이를 문에서 내쫓을 때를 생각해 보십시오. 오직 고모님만이 그 일을 반대했지요. 마찬가지로 묵안노의 요구가 알려졌다면 문의 어른들은 그 아이들을 내주고서라도 문의 안위를 지키자고 했을 겁니다. 그래서 그의 요구가 북두회의 요구로 공론화되기 전에 서둘러 하(河)를 내보낸 겁니다."

"나중에라도 내게 왜 그 말을 하지 않은 거요. 그랬다면 내가 문을 떠나는 일도 없었을 것인데……?"

유취려가 안타까운 표정으로 물었다.

"변명일 뿐이지요. 어쨌거나 지키지 못한 것은 사실이니까요."

"참으로… 참으로 미련한 사람이오, 문주는……."

"아둔하다는 말, 많이 들었지요. 아버님께도, 어른들께도."

유천궁이 빙그레 미소를 지으며 말했다. 그러다가 문득 유취려에게 물었다.

"그 아이들은… 혹 찾아보셨습니까?"

"음……."

유취려가 대답 대신 나직한 침음성을 흘렸다.

"어찌 살고 있던가요?"

유천궁이 다시 물었다.

"보지 못했소. 하지만 마지막 흔적을 찾았던 곳에서 하(河)의 몸이 극도로 약해졌었다고 하더구려. 아마도 지금은 이 세상 사람이 아닐 것이오."

"아……!"

유천궁이 나직하게 탄식했다.

"아이의 행방은 찾지 못했구려."

"결국 제가 두 사람 모두 지키지 못한 것이군요."

"우리 모두가 지키지 못한 것이지 문주의 책임이 아니오."

"그 아이는 어땠다고 합니까?"

유천궁의 질문에 유취려가 다른 사람들이 눈치채지 못하게 슬쩍 설루를 바라봤다. 그러고는 나직하게 대답했다.

"좋은 아이였다고 하더구려."

"좋다라……."

유천궁은 모호한 대답이라고 생각하는 듯했다.

"모든 사람이 좋아했다더구려."

"그렇군요. 어미 쪽을 닮은 모양이군요."

"그런 듯하오."

"다행이군요."

유취려는 적풍이 이골마족의 특징을 보였다고는 말하지 않았다. 말해봐야 걱정만 더하는 일이기 때문이었다.

"너무 자책하지 마시오, 문주."

"그 아이에게는 잘된 일인지도 모르겠군요. 우리 가문이나 이골마족과 상관없는 사람으로 살아가는 것이 좋을 겁니다."

"… 사람 일이야 알 수가 있나."

이미 적풍에게서 이골마족의 특징이 발현되었다는 것을 알고 있는 유취려가 우울한 표정으로 말했다.

"이젠 떠나시지 않으실 거지요?"

"글쎄……."

유취려가 대답을 회피했다.

"가능하면 월출산에 머물러 주십시오. 지금 본 문에는 어른이 없습니다. 고모님께서 계신다면 문도들이……!"

유천궁이 말을 하다 말고 벌떡 자리에서 일어났다. 그와 동시에 사람들의 귀에 요란한 소리가 들려왔다.

차차창!

도검의 충돌음이 요란하다.

"모두 모여라!"

유천궁이 천의비문의 문도들에게 소리쳤다. 그러자 사방에서 천의비문의 문도들이 모여들었다.

"역비는 아이들을 한곳에 모아 지켜라!"

"예, 아버님!"

유역비가 급히 대답하고는 비문의 어린 문도들을 한곳으로 모았다.

그사이 먼 곳에서 들려오던 도검의 충돌음과 비명 소리가 천의비문의 숙영지로 가까워졌다. 그리고 급기야 피투성이가 된 세 명의 무사가 장내에 뛰어들었다.

"무슨 일이오?"

유천궁이 장내에 뛰어든 자들을 보며 소리쳤다.

"피… 피하시오!"

장내에 뛰어든 중년 사내가 유천궁을 보며 소리쳤다. 비문의 문도들에게 익숙한 얼굴이다. 불광산 천불동에서부터 비문의 문도들을 감시하던 북두회의 고수기 때문이었다.

그들은 천의비문의 문도들이 일부의 의원들만 마한에게 남겨두고 동해 월출산으로 떠날 때조차도 뒤를 따라와 비문을 감시하고 있었다.

"무슨 일이냐고 묻지 않소?"

유요가 눈을 치뜨며 물었다.

"지… 지왕종문! 크악!"

사내의 입에서 겨우 그 말이 흘러나왔을 때 갑자기 한 자루 창이 날아와 사내의 등을 꿰뚫었다.

창에 꽂힌 사내의 등에 붉은 기운이 감돌았다. 강력한 양강 지공을 사용하는 고수가 던진 창이란 뜻이다.

"웬 놈들이냐?"

천의비문의 문도들이 유천궁을 둥글게 둘러섰다. 그들 앞쪽으로 유요가 나서서 다가오는 검은 인영들을 막아섰다.

툭툭!

서너 구의 시신이 천의비문 문도들 앞에 떨어졌다. 보지 않아도 그들이 누군지 짐작할 수 있었다.

천의비문을 뒤따르며 감시하던 북두회의 고수들이 분명했다. 아마도 그들은 괴인들에 의해 전멸을 당한 모양이었다.

그리고 그들이 나타났다. 그들이 나타나는 순간 천의비문의 문도들은 공포에 사로잡혔다.

검붉은 눈은 야수를 닮았고, 근육이 꿈틀거리는 몸은 맹수의 그것과 비슷했다. 무엇보다도 그들이 흘려내는 기운은 금방 혈풍을 일으킬 것처럼 살기로 가득했다.

"누… 누구냐?"

문도들 앞에 서 있던 유요가 떨리는 목소리로 다시 물었다.

"누가 천의비문의 문주냐?"

어둠 속에서 모습을 드러낸 자는 모두 십여 명. 그러나 그들이 전부가 아니라는 것은 누구라도 알 수 있었다. 그들 뒤쪽,

모닥불의 불빛이 미치지 않는 곳에 수십 명의 마인이 웅크리고 있음을 천의비문의 문도들은 본능적으로 느낄 수 있었다.

그리고 유요가 계속해서 이들을 정체를 묻고 있지만, 이들의 정체는 이미 드러나 있었다. 창에 찔려 죽은 북두회의 고수가 이미 이들이 지왕종문의 사람임을 말했기 때문이다.

"요는 물러나라!"

더 이상 뒤에 물러나 있을 수만은 없다고 생각한 유천궁이 문도들을 헤치고 앞으로 나와 유요 앞에 섰다.

"문주님! 위험합니다."

"어디에 있든 위험하긴 마찬가지인 것 같구나."

유천궁이 유요의 말에 대답했다. 그리고는 시선을 돌려 괴인들 중앙에서 지옥처럼 어두운 기운을 풍기고 있는 자에게 물었다.

"내가 천의비문의 문주 유천궁이오. 무슨 일로 본 문을 찾아오셨소?"

"소문과 다르구나."

유천궁의 질문을 받은 자가 중얼거렸다.

"무슨 소문을 들으셨소?"

"전해 듣기로 천의비문의 당대문주는 겁이 많고 소심하다더니 이제 보니 제법 강단이 있군."

"그대는 누구요?"

"내가 바로 염화마군이다!"

제8장
염화마군

천의비문 문도들이 두려움에 몸을 떨었다. 그들의 귀로 들은 한 사람의 이름, 그 이름이 오금을 저리게 만들었다.

지왕종문의 마인들임은 짐작하고 있었지만 설마 염화마군 철륵이 직접 왔을 거라고는 누구도 예상치 못했다.

"그대가… 정말 염화마군이시오?"

"내가 아니면 감히 누가 염화마군이라 칭하겠느냐?"

염화마군 철륵이 대답했다. 그러자 유천궁이 자신도 모르게 침을 꿀꺽 삼키며 물었다.

"마군… 께서 무슨 일로 우릴 찾아오셨소이까?"

"나와 함께 가야겠다."

"그게 무슨 말씀이시오?"

"내게 비문의 의술을 쓸 일이 있다는 말이다!"

염화마군이 거부할 수 없는 눈빛으로 유천궁을 보며 말했다.

"본 문의 의술이 필요한 거라면… 한발 늦으셨소."

"무슨 말인가?"

"혹, 천불동에 다녀오셨소이까?"

"그렇다."

"그곳에서 우리 비문의 문도는 둘로 갈렸소. 북두회에서 본 문의 노련한 노의원을 모두 데려갔소. 이곳에 남은 사람들은… 보시다시피 젊은이들이거나 혹은 아이들뿐이오. 이들의 의술은 강호의 이름난 의원에 미치지 못하오. 차라리 다른 이름난 명의를 찾는 것이 나을 것이오."

유천궁이 고개를 저으며 말했다. 어쩌면 천불동에서 비문의 의원들이 둘로 갈라진 것이 다행이란 생각도 들었다.

그러나 염화마군 철특의 반응은 유천궁의 기대를 벗어났다.

"그건 걱정 말라. 그대가 있지 않은가?"

"……?"

"천의비문의 문주라면 그 어떤 의원보다 의술이 뛰어나지 않겠는가? 그대가 함께 가면 된다. 그리고… 사실 의술의 고저는 내게 중요한 게 아니야. 그대의 가문에 중요하지."

"그게 무슨 말씀이오?"

"내가 원하는 일을 해내지 못한다면… 이곳에 있는 비문의 문도를 모두 죽이겠다는 말이다. 이렇게 말이야!"

염화마군 철륵이 가볍게 한 손을 휘둘렀다. 그러자 그의 손에 들려 있던 청룡도와 비슷하게 생긴 커다란 도가 붉은 기운과 함께 허공을 갈랐다.

그리고 한 사람의 비명이 터져 나왔다.

"악!"

천의비문의 문도 중 중년 나이의 사내 한 명이 비명과 함께 대여섯 장을 날아가 땅 위에 나뒹굴었다.

"양인!"

주위에 있던 천의비문 문도들이 급히 달려가 쓰러진 자를 부축했다. 그러나 철륵의 도에 당한 자는 이미 숨진 상태였다. 그의 가슴에 길게 도상이 남아 있었는데 불에 데인 듯 검게 타들어간 상처였다.

"이게 무슨 짓이오?"

유천궁이 노한 얼굴로 소리쳤다.

"겪어보니 사람은 말보다 행동으로 보여줘야 이해가 빠르더군. 그대가 내 요구를 들어주지 못한다면 비문은 강호에서 사라질 것이다."

"본 문이 그리 호락호락할 거라 생각하시오?"

유천궁이 품속에 손을 넣어 비문의 비기인 은침을 꺼내 들며 소리쳤다. 일생을 천의비문을 위해 굴욕을 감수하며 살아온 유천궁이지만 눈앞에서 문도가 죽어가는 상황은 참을 수 없었다.

"후후, 정말 소문보다 대단하군. 하나를 죽이면 금세 복종할

줄 알았는데 반항이라… 생각보다 마음에 들어. 그러나 그렇다고 해서 그대의 반항을 용납할 생각은 없다. 반항의 대가로 그대는 다시 그대의 문도를 잃게 될 것이다."

염화마군 철특이 다시 도를 치켜들었다. 그의 도가 벌겋게 달아올랐다. 그런데 그 순간 천의비문 문도들 사이에서 유취려가 날아오르며 염화마군을 향해 은침들을 쏟아냈다.

파파팟!

날카로운 은침 수십 개가 한 번에 염화마군에게 쏟아졌다.

강렬한 기도를 뿜어내며 천의비문의 문도를 도륙하려던 염화마군도 자신을 향해 쏟아지는 은침의 공세를 감히 경시하지 못하고 도를 틀어 소나기처럼 쏟아지는 은침들을 막아냈다.

차르릉!

철특의 도에 걸린 은침들이 맑은 소리를 내며 사방으로 튕겨나갔다. 그 순간 유취려가 천의비문의 문도들을 향해 소리쳤다.

"천우진을 펼쳐라!"

유취려의 명이 떨어지자 천의비문의 문도들이 당황한 와중에도 사방으로 흩어지며 지왕종문의 고수들을 에워쌌다.

"독침을 준비하라!"

유취려가 다시 명을 내렸다. 그러자 천의비문의 문도들이 품속에서 검은색 침들을 꺼내 들었다.

"모두 죽겠다는 것이냐?"

염화마군 철특이 유취려와 유천궁을 보며 으르렁거렸다.

"고모님!"

유천궁이 두려운 표정으로 그녀를 불렀다. 그러자 유취려가 단호하게 말했다.

"문주, 지금은 물러날 때가 아니오. 비록 묵안노가 영악한 자이기는 하나 지왕종문에 비할 바가 아니오. 끌려간다면 우린 노예보다 못한 삶을 살다가 죽을 것이오. 물론 천의비문이란 이름 역시 오욕 속에 사라질 것이오. 차라리 명예로운 죽음을 택하는 것이 낫소."

"아아, 하지만 아이들은……."

유천궁이 멀찍이 떨어져 두려운 눈으로 장내를 바라보고 있는 유역비와 그녀가 보호하고 있는 천의비문의 아이들을 바라봤다.

"어린 생명이 가엾지 않은 것은 아니나 마인들의 노예로 비참한 삶을 사는 것보다 죽는 것이 나을 것이오."

"고모님……!"

"문주, 미안하지만 이번에는 내 말을 따라주시오."

유취려가 유천궁을 보며 간청했다. 이번에도 유천궁이 비굴한 결정을 내리지 말기를 간절하게 바라는 눈빛이었다.

그러자 잠시 갈등의 빛을 보이던 유천궁이 결심을 한 듯 고개를 끄떡였다.

"알겠습니다. 가문의 명맥을 유지하고 자립하여 살 수 있다면 모를까… 결국 욕을 당하며 살다 죽고 흩어질 바에야 싸우는 것이 낫겠지요. 전멸을 할지라도 저들에게 적지 않은 타격을 줄 수 있을 겁니다. 문도들은 들으라!"

유천궁이 주위를 돌아보며 소리쳤다.

"하명하십시오, 문주!"

사방에서 비문의 문도들이 응답했다.

"의원의 손에 피를 묻히는 것은 사람을 살리기 위함이다. 독을 익힌 것 역시 약으로 쓰기 위함이다. 그러나 오늘은 우리가 익힌 그 모든 의술을 사람을 죽이기 위해 쓰는 것을 허한다. 그대들이 지니고 있는 가장 강한 독을 써라. 오늘 이곳을 천의비문의 독으로 물들여 백 년이 지나도 씻기지 않도록 만들라. 그리하여 이곳에 존재했던 모든 자가 독의 기운으로 결국에는 소멸하는 것을 저승에서 지켜볼 것이다!"

"명을 받듭니다!"

천의비문의 문도들이 극독들을 꺼내 들었다.

그 모습을 지켜보고 있던 염화마군 철특이 한 차례 볼을 씰룩이더니 중얼거렸다.

"독이라… 어리석군. 독의 상극은 화기라, 우리 지왕종문은 독에 위협을 느끼지 않는다는 것을 모르는 모양이군."

그러자 유취려가 대답했다.

"그대도 우리 천의비문을 잘 모르는군. 우리 비문이 단순히 의술만을 지닌 문파였다면 어찌 수백 년을 이어왔겠는가? 아무리 대단한 열양지공이라도 본 문의 천우진과 본 문의 극독들을 감당하긴 쉽지 않을 것이다."

유취려의 대꾸에 염화마군 철특이 눈살을 찌푸렸다.

세상에서 가장 상대하기 까다로운 자들이 독과 암기를 쓰는 자들이다. 그리고 그 역시 천의비문이 수백 년 동안 강호의 절대의가로 존재했던 것이 단순히 의술 때문이라고는 생각지 않았다.

하지만 그렇다고 해도 염화마군 철륵의 성정으로 보자면 천의비문의 반발을 용납할 인물이 아니었다. 그럼에도 불구하고 그가 도를 휘두르는 것을 망설이지 않을 수 없는 이유는 천의비문이 멸문을 각오했기 때문이었다.

천의비문이야 멸문하든 말든 철륵이 알 바 아니나 그에게는 비문의 의술, 그중에서도 특별한 능력을 지닌 자들의 의술이 반드시 필요했다. 오늘 이곳에서 비문의 의술을 얻지 못한다면 그의 사람들은 어쩌면 영원한 잠을 자야 할 수도 있었다.

또한 이곳에서 천의비문의 반항에 철륵의 충실한 수하들이 상할 경우 그 손실 역시 무시할 수 없었다.

그때 문득 지왕종문의 고수 중 한 명이 재빨리 철륵에게 다가왔다. 그리고는 그에게 무슨 말인가를 속삭였다. 그러자 철륵이 처음에는 화를 내는 듯하다 잠시 더 수하의 말을 듣더니 생각에 잠겼다.

그리고 얼마나 지났을까. 철륵이 천천히 시선을 돌려 유천궁과 유취려를 바라보다가 물었다.

"그대가 화수 유취려인가?"

"날 알아보는 자가 있었던 모양이구려."

유취려가 대답했다.

"맞군. 제안을 하겠다. 그대가 비문의 의원 몇 명과 함께 나를 따라오라. 그럼 나머지 문도들을 놓아주겠다."

철륵의 말에 유취려의 표정이 모호하게 변했다.

"왜 나요?"

유취려가 물었다.

"그대의 의술이 천의비문의 문도 중에서도 특출 나다고 해서……. 그대의 의술은 이곳에 없다는 그 사대의선을 능가한다고 수하가 그러는군. 난 의술이 필요하지 사람이 필요한 것은 아니야. 다른 비문의 문도들은 필요 없다. 그대만 있다면……."

"도대체 왜 우리 비문의 의술이 필요한 것이오?"

"의원이 필요한 이유야 오직 하나지. 사람 고치는 일."

"누구요? 내가 고쳐야 할 사람이."

"그건 가보면 아는 일이다. 한 가지 약속을 더하지. 그들을 치료하는 데 성공한다면 그대와 그대를 따라갔던 비문의 의원 모두를 온전히 돌려보내 주겠다. 이건 정말… 무척 특별한 호의다. 어찌하겠는가?"

특별한 호의란 철륵의 말은 거짓이 아니었다. 지난 세월 지왕종문이 강호에 출도한 이래 철륵이 말로써 상대를 설득하는 일은 처음 있는 일이었다.

그동안 그는 오직 그의 칼로 무림을 상대했었다.

"고모님, 안 될 말입니다. 절대 고모님을 보낼 수 없습니다."

유천궁이 유취려를 막아서며 말했다.

"문주, 무조건 반대할 일이 아니오."

"설마 가시겠다는 말입니까?"

"천의비문이 명맥을 유지하고, 가문의 형제들이 살 수 있는 길이오. 지옥이라도 가지 못하겠소?"

"하지만 저로선……."

"문주! 그간 문주가 했던 모든 선택이 가문의 존립을 위한 일이 아니었소? 그렇다면 이번에도 그리해야 할 거요."

"고모님……!"

유천궁이 유취려를 만류했으나 유취려는 더 이상 유천궁을 상대하지 않았다. 대신 그녀는 두어 걸음 앞으로 나와 철륵을 보며 말했다.

"좋소. 가겠소."

"하하하! 과연 비문의 여장부로군. 좋아, 그럼 당장 떠날 준비를 하라."

"이각의 시간을 주시오."

"그 정도는 기다려 줄 수 있지. 모두 물러나라."

철륵이 뒤를 돌아보며 말했다. 그러자 지왕종문의 마인들이 구름이 밀려나듯 어두운 숲으로 사라졌다.

"넌 갈 수 없다!"

유취려가 단호하게 말했다.

짐을 꾸려 나오던 설루가 멈칫했다.

"함께 가겠어요."

"허락할 수 없다."

유취려는 단호했다.

"왜요?"

"넌… 할 일이 있지 않느냐?"

"그건……."

설루의 말문이 막혔다. 적풍을 만나는 것, 그것이야말로 설루가 살아 있는 이유다. 그러나 잠시 후 설루가 고개를 저었다.

"아뇨. 그래도 가겠어요."

"이젠 그 아이가 너에게 의미가 없다는 말이냐?"

유취려의 목소리가 차가워졌다.

"그런 뜻이 아니에요."

"그럼?"

"사부님도 그 사람만큼 제게 중요한 사람이란 뜻이에요. 언제 만날지 모르는 사람을 기다리기 위해 지금 제게 중요한 사부님을 홀로 보낼 수 없어요. 전 반드시 가겠어요. 사부님과 구천 두 사람 모두를 기다리며 홀로 살아갈 자신은 없어요."

설루의 말에 유취려가 나직하게 한숨을 쉬었다. 설루의 이 맹목적인 고집이 아무 이유가 없는 것은 아닐 것이다.

설루에겐 아마도 혼자 남겨진다는 것이 사지(死地)인 지왕종문으로 유취려를 따라가는 것보다 더 두려운 일일지도 몰랐다.

"후회하지 않겠느냐? 그럼 넌 영원히 그 아이를 볼 수 없을지도 모른다."

"그런 생각이었다면… 살던 곳을, 고향을 떠나지 않았어야 했지요."

"후우… 그렇긴 하구나. 하긴 그때부터 길이 어긋난 것일지도……. 좋아, 가자."

"고맙습니다."

"고맙긴 내가 고맙지. 그리고 사실… 넌 제법 쓸모 있는 의원이 아니냐. 도움이 될 거야."

기왕에 동행하기로 결정을 하자 유취려의 입에 미소가 지어졌다.

유취려가 짐을 꾸려 밖으로 나오자 유천궁과 천의비문의 문도들이 그녀를 둘러섰다.

"고모님… 돌아오시자마자 이게 무슨 참담한 일인지……."

유천궁이 말을 잇지 못했다.

"너무 걱정 마시오, 문주. 어쩌면 좋은 기회가 될 수도 있으니……."

"그게 무슨 말씀이십니까?"

"우리 비문의 형제들이 이제 세 갈래로 나눠지게 되었소. 사대의선은 북두회에, 문주와 형제들은 월출산에, 그리고 나와 몇 명 아이는 지왕종문에 말이오. 현실로 보자면 비참한 일이나 각자 거하는 곳에서 소기의 목적을 이룬다면 세상이 어찌 되든 비문의 존립은 가능할 것이오."

"그렇기는 하지만……."

"사실 궁금하기도 하오. 염화마군이 살리려는 자들이 어떤 자들인지……."

"조심하셔야 합니다. 그는… 거친 자입니다."

"그런 자는 외려 다루기가 쉽소. 외려 묵안노 같은 자가 두렵지. 내가 죽을 경우는 오직 하나, 그가 살리고자 하는 자들을 살리지 못할 때일 것이오."

"이걸 가져가십시오."

유천궁이 품속에서 하나의 목함을 꺼내 유취려에게 건넸다. 그러자 유취려가 놀란 표정으로 유천궁을 바라봤다.

"이건 봉황침이 아니오?"

"그렇습니다."

"불가한 일이오. 봉황침에 대한 문규를 잊으셨소? 멸문을 해도 마두에게는 사용치 말라는 것이 봉황침의 문규요."

"꼭 그것으로 염화마군이 요구하는 자들을 살리시라는 것은 아닙니다. 다만… 만약의 경우 고모님 스스로의 생명을 구하십시오. 그건 저도 양보할 수 없는 일입니다. 그러니 가져가세요."

"문주……!"

"다시 절 꾸중하러 오시리라 믿겠습니다. 그럼 잘 다녀오세요."

유천궁이 차마 유취려가 떠나는 것을 보지 못하겠다는 듯 신형을 돌려 자신의 막사로 들어가 버렸다.

그러자 유취려가 유천궁의 막사를 보며 말했다.

"문주, 부디 문도들을 잘 이끌어주시오."

유취려의 말에 유천궁의 천막에선 아무런 대답이 들리지 않았다. 그러자 유취려가 한숨을 쉬며 짐을 꾸려 나온 네 명의 중년인에게 물었다.

"그대들이 나와 함께 가기로 했는가?"

"그렇습니다. 모시겠습니다."

사내들이 다부진 표정으로 대답했다.

"비문을 위해 목숨을 버리니 모두 장하다. 호랑이 굴에 끌려가도 정신만 차리면 살 수 있다고 했다. 위기를 기회로 삼고 침착하게 행동해라."

"예, 화수 님!"

비문의 의원들이 다부진 표정으로 대답했다. 그때 문득 어둠 속에서 한 사람이 모습을 드러냈다. 염화마군 철특의 수하 중 한 명인 지독장 독로다.

"떠날 준비는 끝났소?"

"그렇소."

유취려가 대답했다.

"좋소. 그럼 갑시다. 마군께서 기다리시오."

독로의 말에 유취려가 고개를 끄떡이고는 머뭇거림 없이 독로를 따라 걸음을 옮기기 시작했다.

유취려 일행은 금세 어둠 속으로 사라졌다. 그러자 자신의 천막에 들어가 있던 유천궁이 밖으로 나왔다.

"가셨느냐?"

유천궁이 천의비문의 문도들을 보며 물었다.

"그렇습니다, 문주님!"

비문의 문도 하나가 대답했다. 그러자 유천궁이 유취려가 사라진 곳을 향해 깊게 허리를 숙이며 소리쳤다.

"고모님! 죽는 날까지 기다리겠습니다! 부디 무사히 돌아오십시오!"

적풍과 그 일행이 바람처럼 숲을 달렸다. 우마가 돌아온 것이 반 시진 전이었다. 천의비문 추격에 나섰던 우마가 돌아와 전한 말이 적풍을 조급하게 만들었다.

추격자는 십자성만 있는 것이 아니었다. 어떻게 알았는지 지왕종문의 마인들이 천의비문을 추격하고 있었다.

더군다나 그들은 적풍 일행에 한 시진 이상 앞서 있는 상황이었다. 한 시진이라면 염화마군 철륵이 천의비문의 문도 모두를 도륙하고도 남을 시간이다.

비록 그와 그의 어머니 유하를 내쫓은 천의비문이지만 그에게는 반쪽의 뿌리인 천의비문이다. 그곳이 염화마군 철륵의 손에 사라지게 둘 수는 없었다.

그런데 속도를 높이던 적풍에게 곁에서 달리던 우마가 소리쳤다.

"배입니다."

"배?"

적풍이 걸음을 멈추며 되물었다.

"저쪽을 보세요, 형님!"

우마가 손을 들어 산 아래 어스름한 달빛을 타고 흐르는 강을 가리켰다. 그 강물 위에 막 강변을 떠난 배가 한 척 있었다.

"누구지?"

적풍이 안력을 높여 배 위를 살피며 물었다.

"저건……! 지왕종문의 배 같습니다."

"지왕종문?"

"선수의 깃발을 보십시오. 다섯 개의 불꽃이 그려진 깃발입니다. 저 깃발은 지왕종문의 표식이지요."

"그자들이 벌써 일을 끝낸 건가?"

"글쎄요. 그러기에는 너무 빠른데… 천의비문의 사람들이 의술만 알고 있는 것도 아니고."

"대체 무슨 일이 벌어진 것인가?"

적풍이 지왕종문의 배를 노려보며 중얼거렸다. 그사이 배는 점차 속도를 높이더니 한순간 적풍과 십자성 고수들 옆을 바람처럼 스쳐 지나갔다.

그런데 그 순간 적풍의 눈에서 섬광이 번뜩였다.

"루?"

적풍의 신형이 물결이 흐르는 방향으로 움직였다. 강변을 달려 배를 따라가는 모습이다. 그러나 이내 적풍의 걸음이 멈췄다. 강과 경계를 이루는 절벽이 적풍의 발목을 잡은 것이다.

적풍이 다시 안력을 높였다. 희미하게 지왕종문의 배 위가 보인다. 백의를 입은 두 명의 여인과 네 명의 사내가 검은 옷을 입은 자들에게 둘러싸여 있었다. 그리고 그중 한 명의 여인이 계속해서 적풍의 눈에 들어왔다.

스치듯 보았을 때 설루의 모습을 떠올리게 한 여인이었다.

그러나 지금은 신형을 돌리고 있어 그녀의 뒷모습만이 보일 뿐이다.

"왜 그러세요?"

어느새 따라온 우마가 걱정스런 표정으로 물었다.

"아니, 아는 사람을 본 것 같아서……."

적풍이 말꼬리를 흐렸다. 스스로도 자신이 없었다. 설루가 살아 있다 해도 왜 지왕종문의 무리에 섞여 있겠는가.

"아무래도 천의비문 사람들 같아요."

적풍이 누굴 두고 하는 말인지 알아챈 우마가 말했다.

"천의비문?"

"예. 그자의 말대로 저들 지왕종문에서 천의비문의 의원들을 데려가는 것 같습니다."

우마가 말하는 그자라면 십자성에 사로잡혀 있는 지왕종문의 옛 총관 하근을 두고 한 말일 것이다. 하근은 염화마군 철륵이 천의비문의 의원들을 찾고 있다고 했었다.

"천의비문이라. 그럼 더더욱 아니지. 그곳에 있을 리가 없지 않은가?"

적풍이 중얼거렸다.

"대체 누굴 두고 하는 말씀이세요?"

우마가 답답한 표정으로 물었다.

"그런 사람이 있다. 그나저나 배를 따라잡기는 어렵겠지?"

"워낙 물살이 강한 곳이라. 너무 빨라요."

"음……."

적풍이 나직하게 침음성을 흘렸다. 백에 하나라도 설루일 가능성이 있다면 배를 쫓아가고 싶었다. 그러나 절벽과 빠른 물살이 그의 발목을 잡았다. 이렇게 되면 다른 방식으로 배 위 여인의 정체를 확인해야 한다.

"천의비문의 문주를 만나야겠다."

"그래야죠. 북두회나 지왕종문이나 모두 그에게 원하는 것이 있었으니 그를 만나야 일이 어찌 돌아가는 건지 알 수 있겠지요."

"가자."

적풍이 우마의 걸음을 재촉했다.

우울한 밤이었다.

유천궁은 연신 술잔을 기울였다. 쫓기듯 월출산으로 가는 행장이 풍족할 리 없었다. 그저 끼니나 굶지 않으면 다행, 술은 언감생심 욕심을 낼 수 없는 일이었다.

그러나 오늘 유천궁은 어디서 구했는지 독주를 마시고 있었다. 독주가 아니라면 잠을 잘 수가, 아니, 이 밤을 지낼 수가 없을 것 같았다. 산산이 쪼개지는 비문의 모습을 보면서 유천궁 자괴감을 느끼지 않을 수 없었다.

그가 문주가 되기 전 천의비문은 고고한 의가로서 천하인의 존경을 받는 문파였다. 그러나 그가 문주가 된 이후 삼십여 년……. 비문은 이제 천하의 강자들에게 이리저리 치여 한곳에 머물 수 없는 나약한 의가일 뿐이었다.

"모든 게 내 잘못이야. 그때… 좀 더 강하게 대응했어야 해."

유천궁이 중얼거렸다.

아쉬운 순간은 검은 사자들의 시간이 막 끝났던 그 시절이었다. 당시 그는 검은 사자들의 탄생에 일조했다는 이유로 북두회의 일곱 가문에게 매서운 추궁을 당했었다.

그러고는 결국 그들이 요구에 굴복해 비문의 본거지를 버리고 사람의 눈이 닿지 않는 고산 봉우리로 거처를 옮겼다. 그리고 그곳에서 비문은 거의 봉문에 가까운 세월을 보냈다.

일백이 넘던 비문의 신의들은 굴욕의 시간 동안 하나둘 죽어갔고, 이젠 신의라는 이름에 어울릴 만한 의원이 십여 명도 남지 않았다. 더군다나 그중 대부분은 사대의선과 더불어 묵안노에게 잡혀 있으니 실질적으로 천의비문은 몰락에 가까운 상태였다.

"모든 것을 걸고 대응했다면 이런 지경은 되지 않았을 것을……."

유천궁이 다시 중얼거렸다.

천의비문의 힘은 의술에서 나온다. 물론 개중 뛰어난 무공을 지닌 인재도 있으나 결국 의술이 천의비문이 무림에 존재하는 이유였다.

그 의술로 엮어놓은 강호의 인연들이 한둘이던가. 만약 과거 북두회가 비문의 잘못을 추궁할 때 비문과 인연 깊은 강호의 명숙과 고수들에게 도움을 청했다면, 그래서 그 힘으로 북두회 칠가의 압박을 버텨냈다면 외려 천의비문의 위세는 더 크고 강고해졌을 수도 있었다.

물론 극도로 위험이 따르는 일이긴 했다. 자칫 잘못하면 멸문, 그래서 유천궁은 그 위험을 감수하는 대신 비문의 봉문을 택했다. 그 결과 비문의 안전은 보장되었지만 조금씩조금씩 몰락해 갔다.

봉문으로 마치 비문 스스로 잘못을 인정하는 듯한 모양새가 되어 새로이 비문에 들려는 인재도 없었다. 덕분에 끊임없이 배출되던 신의들도 맥이 끊겨가고 있는 것이다.

"고모님마저 사지로 보냈으니 내가 어떻게 선조들을 볼 것인가?"

유천궁이 다시 술을 한 모금 들이켜며 중얼거렸다.

그런데 그때였다. 갑자기 막사 밖에서 유요의 목소리가 들렸다.

"웬 자들이냐?"

유요의 목소리가 들리는 순간 유천궁의 술기운이 한순간에 날아갔다. 이 상황에서 또 다른 자들이 공격을 한다면 오늘 이곳에서 천의비문은 결국 멸문하고 말 것이다.

"더는 당하지 않겠다!"

유천궁이 자리를 박차고 일어나 손에 침을 드는 대신 검을 집어 들고 천막을 나섰다.

적풍과 우마가 앞에 서고, 그들의 뒤쪽으로 십여 명의 십자성 고수가 늘어섰다.

천의비문의 문도들은 새로운 적이 나타났나 싶었다가 사람의 숫자가 적고 나이도 어려 보이는 것에 조금 안심이 되는지 금세 침착함을 되찾고 있었다.

"어디서 온 사람들이오?"

유요가 다시 물었다. 그때 천막을 나온 유천궁이 유요의 뒤로 다가섰다.

적풍은 한눈에 유천궁을 알아봤다. 한순간의 의심도 필요 없었다. 왜냐하면 유천궁의 모습이 죽은 어머니 유하와 너무 닮았기 때문이었다.

궁지에 몰려 동생을 파묻은 자, 태어나지도 않은 조카를 버린 자다. 그러나 그런 유천궁을 보는 순간 적풍은 씁쓸한 기분이 들었다. 그의 앞에 나타난 유천궁의 모습이 너무 초라해 보였기 때문이다.

모든 것을 잃은 자의 허무함 같은 것이 유천궁의 눈빛에서 느껴졌다.

처음 적풍 등에 대해 경계심을 가졌을 때는 제법 사나운 기도를 뿌리기도 했으나 적풍 등이 그리 큰 위협이 되지 않을 것 같은 생각이 들자 금세 그 기세는 흩어지고 그 자리를 허무함이 대신했다.

"우린 십자성에서 왔소."

우마가 말했다.

순간 안도의 숨을 내쉬던 천의비문 문도들의 얼굴에 다시금 긴장감이 서렸다.

십자성이라면 비록 북두회와 천의비문에 비할 바는 아니나,

그래도 천하를 삼분한 것으로 인정받고 있는 세력이었다. 그런 자들이 왜 자신들을 찾아왔단 말인가.

"십자성의 영웅들께서 본 문에는 무슨 일로 오시었소?"

가급적 분란을 만들지 않기 위해 유요가 정중하게 물었다. 본래 강호에서 십자성은 정사중간의 세력으로 여겨졌으나 혈궁과 손을 잡는 순간 사도에 치우친 것이 아닌가 하는 의심을 받고 있었다.

그런 그들에게 영웅이란 칭호는 과분한 것일 수도 있었다.

"성주께서 천의비문의 문주님을 뵙기를 원하시오!"

"지금 십자성의 성… 주라고 하셨소?"

유요가 두려운 눈빛으로 되물었다.

"그렇소."

우마가 대답했다.

"어느 분께서……?"

유요가 다시 묻자 적풍이 우마의 뒤에서 대답했다.

"내가 십자성의 성주다! 비문의 문주를 볼 수 있겠나?"

이미 유천궁이 나와 있음을 알면서도 적풍이 고압적인 목소리로 물었다.

"그대가……."

유요가 적풍을 보며 말을 하다 말고 입을 다물었다. 한순간 적풍의 눈에서 심장을 찌르는 듯한 날카로운 안광이 뻗어 나왔기 때문이다.

유요가 그 기세에 밀려 자신도 모르게 두어 걸음 뒤로 물러났다. 그러자 유천궁이 유요를 대신해 앞으로 나섰다.

"내가 천의비문의 문주요. 십자성주께서 무슨 일로 나를 찾으시오."

나이가 어려 보여도 상대는 십자성의 성주다. 유천궁으로선 조심하지 않을 수 없었다.

"천의비문이 묵안노와 염화마군의 압박으로 곤란한 처지에 있다는 소식을 듣고 도움을 주러 왔는데, 천불동은 비어 있고 지왕종문은 물러갔으니 일이 모두 끝난 모양이구려."

적풍이 유천궁을 보며 말했다.

"본 문을 도와주러 왔다니 고마운 일이긴 한데… 무슨 이유로 본 문을 도와주려는 거요?"

"그야 당연히 나도 천의비문에 원하는 바가 있기 때문이오."

적풍이 대답했다.

"원하는 바가 뭐요?"

유천궁이 경계심을 가득 끌어 올리며 물었다.

"그건… 문주와 둘이서 이야기하고 싶소만……."

"세상이 알면 안 되는 일이오?"

"꼭 그런 것은 아니지만 아무래도 문주가 곤란해질 것 같아서 말이오. 시간을 내어주시겠소?"

적풍의 제법 말투는 정중했지만 그의 목소리에 실린 태산 같은 무게로 인해 유천궁은 물론 천의비문의 문도들이 받는 압박감은 견디기 힘들 정도였다.

유천궁이 잠시 망설이다 결국 고개를 끄떡였다. 십자성주의 기세로 보아 거절했다가는 조용히 넘어갈 것 같지 않기 때문이었다. 유천궁은 오늘만큼은 더 이상 문도들을 사지에 몰아넣고 싶지 않았다.

"좋소. 내 거처로 갑시다."

"그것보다 달빛도 좋으니 저곳으로 갑시다."

적풍이 어두운 강줄기가 바라보이는 소나무 아래를 가리켰다. 밤 풍경을 구경하기에는 더할 나위 없이 좋은 곳이다.

"좋소."

유천궁이 고개를 끄떡이고는 훌쩍 몸을 날려 먼저 장내를 벗어났다. 적풍이 그 모습을 보고 있다가 고개를 돌려 십자성의 문도들에게 명했다.

"모두 삼십 장 밖으로 물러나 있으라. 내가 없는 동안 어떤 분란도 일으키지 말라!"

"예, 성주!"

적풍의 명에 십자성의 고수들이 일제히 대답했다.

대답을 들은 적풍이 가볍게 걸음을 옮겼다. 그러자 그의 신형이 미끄러지듯 움직여 금세 유천궁이 기다리고 있는 소나무 아래에 이르렀다.

"음……."

적풍의 움직임을 본 천의비문 문도들 사이에서 숨죽인 신음 소리가 흘러나왔다. 단 한 번의 움직임에서 적풍의 무공이 예사롭지 않음을 알아보았던 것이다.

유천궁은 송림 아래에서 미끄러지듯 다가오는 적풍을 지켜보고 있었다. 그러다 적풍이 그의 앞에 멈춰 서자 나직한 탄식을 흘렸다.

"아… 강호의 소문은 믿을 게 못 된다지만 성주의 무공은 오히려 소문이 부족한 듯하구려."

유천궁은 분위기를 부드럽게 만들기 위해 한 말이었지만 적풍은 표정은 처음보다도 더 냉랭하다.

그 차가운 기운에 섬뜩한 기분이 들었는지 유천궁이 얼굴빛이 굳어졌다.

"염화마군이 원한 것이 무엇이오?"

적풍이 유천궁의 칭송에 답하는 대신 낮은 목소리로 물었다. 유천궁은 모멸감을 느꼈는지 굳어진 얼굴로 적풍을 응시하다가 대답했다.

"그가 본 가에서 원할 것이 뭐겠소?"

"의원을 내주었소?"

"……."

유천궁이 더 이상 대답이 없다. 그러자 적풍이 다시 입을 열었다.

"이곳에 오면서 지왕종문의 배를 봤소. 그곳에 천의비문의 문도들과 비슷한 옷을 입은 남녀 육 인이 타고 있었소. 혹 그들이 천의비문의 의원이오?"

"그렇소. 그런데 내가 왜 본 문의 일을 성주에게 말해야 하오?"

유천궁이 반발했다. 자신의 치부를 드러내는 일을 서슴없이 묻는 적풍에게 적의를 느끼는 표정이다. 그러나 적풍은 유천궁의 기분 따위는 관심 없다는 듯 계속 물었다.

"누굴 내주셨소?"

"성주, 지금 날……!"

유천궁이 반발하려는 순간 적풍이 사자검을 뽑았다.

스릉!

사자검이 모습을 드러내자 한순간에 소나무 아래가 칠흑처럼 어두워졌다.

"내가 지금 최대한 인내하고 있다는 것을 알아두시오."

적풍이 유천궁을 노려보며 말했다.

"서… 성주… 당신은……."

"이 기운… 익숙하지 않소?"

"이골마……."

"신혈! 앞으로는 그렇게 부르시오."

툭!

신혈의 기운을 드러낸 적풍에게 놀라 뒤로 물러나던 유천궁의 등이 소나무 기둥에 닿았다. 그러자 유천궁이 도주할 길이 막힌 사람처럼 당황한 표정을 짓는다.

"천의비문은 우리 신혈족과 무척 인연이 깊지. 그 인연이 선한 것인지 불행한 것인지 모르겠지만 어쨌든 인연이 있기에 문주와 말로써 대화를 하는 것이오. 그 인연이 아니었다면… 난 결코 문주와 이런 자리를 마련하지 않았을 거요."

명백한 협박이다.

그리고 반발할 수 없는 협박이기도 했다.

유천궁은 지금 적풍이 흘려내는 것과 같은 기도를 보이는 사람을 또 한 사람 기억하고 있었다. 검은 사자들의 제왕이자 전마라 불리던 적황, 오직 그만이 이런 기운을 가졌었다.

북두회 칠가의 수장들은 물론 오늘 그를 찾아왔던 염화마군 철륵조차도 이런 특별한 기운을 가지고 있지는 않았다. 이 기운은 사람을 질식시키는 힘을 가지고 있었다. 그 앞에서는 숨조차 제대로 쉬기 힘든 기운이었다.

"성주는… 누구요?"

머릿속에 떠오른 전마 적황의 잔상을 지우지 못한 채로 유천궁이 물었다.

그러자 적풍이 유천궁에게 한 걸음 다가섰다. 그러고는 그의 귀에 대고 나직하게 말했다.

"오늘 이곳에서 지왕종문이 데려간 사람들이 누군지 말해주면 나도 내가 누군지 말해주겠소. 문주에게만 특별히……"

적풍의 말에 유천궁이 부르르 몸을 떨며 대답했다.

"그… 그들은 본 문의 의원이었소."

"여인이 두 명 있던 것 같던데……?"

적풍이 입을 열 때마다 찌릿한 전율이 유천궁의 등줄기를 타고 흘렀다.

"맞소. 내 고모님과 그분의 제자요."

"제자? 그 제자의 이름은?"

이상한 일이 분명했다. 십자성의 성주가 왜 천의비문의 노의원 화수 유취려의 제자에 대해 이렇게 궁금해하는 것일까.

그러나 적풍에 대한 두려움으로 인해 유천궁은 이 상황이 얼마나 이상한지를 미처 깨닫지 못하고 있었다.

"그 아이 이름은······."

당황한 유천궁이 설루의 이름을 떠올리지 못하다가 겨우 기억을 되살렸다.

"루··· 설루라고 했소!"

퍽!

순간 적풍의 사자검이 소나무 기둥을 뚫고 들어갔다. 그의 눈이 깊이를 알 수 없는 검은빛으로 물들었다. 소나무 기둥에 검을 박아 넣은 적풍이 뇌까리듯 물었다.

"정말 설루라고 했소?"

"그렇소. 그런데 그 아이는 왜······?"

유천궁이 두려움에 몸을 떨며 적풍을 바라봤다.

적풍이 잠시 침묵을 지키다가 소나무 기둥에서 검을 뺐다. 그리고 거짓말처럼 신혈의 기운을 말끔히 씻어냈다. 그러나 유천궁을 바라보는 시선만큼은 그 어느 때보다 냉정했다.

"한 가지 경고해 두겠소. 만약··· 설루에게 무슨 일이 생긴다면 그땐 반드시 천의비문을 뿌리째 뽑아버리겠소. 그러니 부디 그 아이가 살아 있기를 하늘에, 아니, 죽은 어머니께 빌어야 할 거요. 아시겠소, 외숙부?"

제9장
옥관 속의 병자들

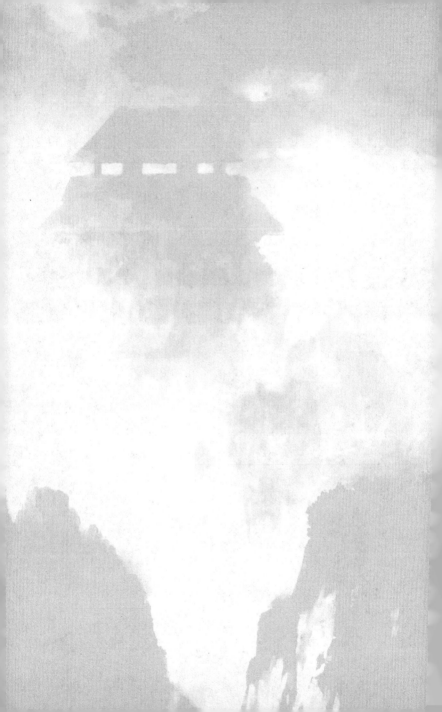

"어디부터 잘못된 것일까?"

유천궁이 어둠 속으로 사라지는 십자성의 고수들을 바라보며 중얼거렸다.

적풍은 유천궁과의 대화가 끝난 후에는 단 일각도 천의비문 숙영지에 머물지 않았다. 유천궁의 입에서 설루라는 이름이 흘러나오는 순간 적풍은 유천궁에게 무시무시한 경고를 남기고 떠나갔다.

유천궁은 적풍의 눈에서 그의 경고가 결코 허언이 아님을 깨달았다. 그 눈빛… 세상의 그 누구도 막을 수 없는 그 눈빛을 이미 오래전에 한 번 보았기 때문이다.

모든 일의 시작, 전마 적황을 처음 만났을 때의 그 날카로운 기억은 그의 뇌리에 화인처럼 남아 있다. 그 상처 같은 기억은 평생을 갈 것이기에 그와 똑같은 눈빛을 지닌 적풍의 눈빛이 무엇을 말하는지 모를 리 없었다.

그 눈빛은 자신 앞을 가로막는 모든 것을 파괴하는 자의 눈빛이다. 그 파괴의 본성 앞에 얼마나 두려움에 떨었던가. 그런 자를 설마 자신의 동생이 사랑할 것이라고는 생각지도 못했었다.

그리고 전마 적황과 그를 따르는 자들의 그 괴이한 상처와 내상들을 치료하는 것이 그와 그의 가문을 몰락의 길로 이끌 것이란 것 역시 예상치 못한 일이었다.

"모든 것이 그자 탓이야!"

유천궁이 중얼거렸다.

지금도 전마 적황에 대한 원망이 사라지지 않았다. 다른 모든 것은 자신의 책임으로 돌릴 수 있어도 일의 시작이 전마 적황이라는 것은, 그가 천의비문을 찾아오면서 시작되었다는 것은 부인할 수 없는 사실이었다.

"차라리 무림을 집어삼키든지……."

유천궁이 씹어 뱉듯 중얼거렸다. 전마 적황과 검은 사자들에게는 무림을 장악할 충분한 힘이 있었음을 유천궁은 알고 있었다.

그들의 몸을 치료한 것은 시작에 불과했다. 그들이 천의비문에 머무는 동안 그들은 비문의 의원들이 예상치 못한 비약적인 무공의 상승을 이룩했었다.

세상과 북두회는 그것이 천의비문의 특출 난 의술 때문이라고 믿었고, 그것을 근거로 비문을 압박했지만 사실 그건 천의비문의 의원들조차 이유를 알 수 없는 신비한 힘이었다.

물론 지금에 와서는 그 이유를 알고 있다. 그들이 보통 사람들과는 다른 피를 가지고 있었다는 것, 혈통으로 이어지는 신력의 힘을 지니고 있는 자들이었기에 가능한 일이었다. 세상은 그 힘을 마혈이라 불렀고, 그들 스스로는 신혈이라 불렀다.

그러나 어쨌든 그렇게 전율적인 힘을 지닌 전마와 검은 사자들이 왜 무림을 장악하고 군림하는 데는 별 관심이 없었는지 지금도 이해할 수 없었다.

마치 세상에 떠도는 혹세무민의 괴교에 경도된 듯, 권력이 아닌 알 수 없는 그 무엇을 향해 그들은 미친 듯이 질주했다.

그 행보가 세상에는 마도행으로 보였고, 결국 그들은 북방의 그 추운 산봉우리에서 수장되었다.

만약 전마 적황이 그와 수하들과 함께 천하를 장악했다면, 그래서 강호무림에 군림했다면 천의비문 역시 오늘날 강호의 지배자로 영화를 누리고 있었을 터였다.

적황의 처가로서, 그리고 검은 사자들의 탄생에 단초를 제공한 가문으로서 그 위세는 지금과 정반대에 있었을 것이다. 그러니 애초에 힘을 얻은 이상 천하군림을 시도하지 않은 전마 적황이 원망스러울 수밖에 없는 유천궁이었다.

그리고 오늘 그 악연의 씨앗이 다시 천의비문에 떨어졌다. 전마와 같으면서도 전혀 다른 모습을 하고 그렇게 그 악연의 씨앗이 다시 유천궁을 찾아온 것이다.

"아버지, 그와 무슨 말씀을 나누셨어요?"

영혼이 나간 듯 혼잣말을 중얼거리고 있는 유천궁에게 다가
서며 유역비가 물었다.

"응? 아, 아무 일도 아니다."

그가 네 사촌남매라는 말은 차마 할 수 없었다. 그 사실이
세상에 알려지는 순간 천의비문은 다시 커다란 혈풍에 휩싸이
고 말 것이기 때문이었다.

그나마 명맥이라도 이어가려면 그가 영원히 자신의 뿌리를
세상에 밝히지 않기를 바라야 할 판이었다.

"그런데 표정이 왜 그러세요? 무슨 협박이라도 하던가요?"

"아니다."

유천궁이 단호하게 대답했다. 그 모습이 유역비에게 오히려
이상하게 보일 정도였다.

"그럼 뭐라고 했어요?"

"그는 단지 지왕종문과 북두회의 일에 대해 물었을 뿐이다."

"그랬군요."

이미 표정에서 아버지의 마음을 읽은 유역비다. 더 이상 물
어봐야 대답이 나올 리 없고 유천궁의 마음만 심란하게 만들
뿐이라는 것을 짐작한 유역비가 순순히 수긍했다.

"벌써 새벽이구나. 참 긴 밤이었다."

유천궁이 말머리를 돌렸다.

그러자 유역비도 밝아오는 동쪽 하늘을 바라봤다. 과연 동
쪽 산 먼 곳에서 은은히 새벽빛이 일어나고 있었다.

"하룻밤 새 천하 삼대세력을 모두 만났군요."

"후우… 아무튼 다행이다, 큰 피해가 없었으니. 북두회에 사람을 보내거라."

"북두회에요?"

"그래."

"뭐라고 전할까요?"

"오늘의 일을 가감 없이 전해라. 괜한 오해 사지 않도록."

"알겠어요."

"모두들 피곤하겠지만 일찍 숙영지를 걷도록 해라. 하루 빨리 월출산으로 가자. 그곳에서는……."

유천궁이 무슨 말을 하려다 말고 입을 닫았다. 그러자 유역비가 고개를 숙여 보이고는 자리를 벗어났다.

"네가 살아 있다는 것이 화인지 복인지 모르겠지만 어쨌거나 장성한 모습을 보니 기뻤다. 네 어미에게도 그나마 면목이 서는구나. 한 가지 약속하마……. 다음에 널 다시 보았을 때는 결코 이렇게 나약한 숙부가 아닐 것이다. 월출산이 본 문에 어떤 의미를 가지고 있는 곳인지는 오직 나만이 알고 있지. 가고 싶지 않았던 곳, 깨우고 싶지 않았던 비술… 멸문의 위기에서도 봉인했던 그 비밀을 이젠 깨워야겠다. 마의(魔醫)의 옷을 갈아입는 순간 세상은 알게 되겠지, 천의비문의 어두운 면을……."

*　　　　*　　　　*

"돌아간다. 가능한 빨리!"

"지금요?"

우마가 되물었다. 적풍이 말없이 고개를 끄떡였다.

"야문이 준비한 밀지에 들러보지 않으실 겁니까?"

이골마족을 보호하기 위해 황하 이남에 만들기 시작한 밀지를 두고 하는 말이다.

"그곳은 나중에라도 와보면 된다. 어차피 천불동에 억류됐던 사람들을 구하지 못했으니 급한 것도 아니다."

"그렇기는 하지요."

우마가 고개를 끄떡이면서도 적풍이 왜 이렇게 서두는지 이해가 가지 않는다는 표정으로 그를 바라봤다.

"돌아가는 대로 향후 여섯 달의 일을 계획한다."

"대체 왜……?"

강호무림은 역동적인 세계다. 하루 뒤를 예상키 힘든 곳이 강호다. 특히나 지금처럼 혼란한 시기에 앞일을 예단하는 것은 위험한 일일 수도 있다.

"시간이 필요해."

"예?"

"성을 좀 비워야겠다."

"그게 무슨 말씀이세요? 이 중요한 시기에?"

우마가 화들짝 놀라며 물었다.

십자성과 북두회, 그리고 지왕종문의 대치가 한결 날카로워지고 있는 시점이었다. 이번 불광산 천불동행만 해도 그곳에 천하삼패라 불리는 세 세력의 고수들이 모두 모였었다.

더군다나 염화마군 철륵까지 오랜 칩거를 깨고 강호에 나오지 않았던가. 비록 큰 싸움은 없었지만 그래도 염화마군 철륵이 강호에 나왔다는 것이 중요했다.

그의 손에 죽은 북두회의 무사도 있었다. 그리고 천의비문의 의원도 데려갔으니 이 또한 결코 가벼운 일이 아니었다. 어쩌면 십자성이 의도한 대로 크든 작든 북두회의 반격이 있을 수도 있었다.

이 와중에 성을 떠나겠다니 이해할 수 없는 일이었다.

"가봐야 할 곳이 생겼다."

"어디를요?"

"대혈산!"

적풍이 다른 사람들이 듣지 못하게 낮은 목소리로 말했다.

"예? 어디요?"

우마가 자신이 잘못 들은 것인가 해서 귀를 의심하며 되물었다.

"대혈산⋯⋯."

적풍이 다시 말했다. 그러자 우마가 말을 잇지 못하고 멍하니 적풍을 바라봤다.

"뭘 그렇게 봐?"

"지금 제정신이세요?"

"그럼 미친 것 같으냐?"

"하아⋯ 이거 정말 참⋯ 하아!"

우마가 연신 한숨을 내쉬었다. 아무리 봐도 적풍은 맑은 정신이었다. 그리고 표정으로 보아 이 결정을 바꿀 것 같지도 않았다.

"대체 왜요?"

적풍이 물었다.

"데려올 사람이 있어."

"데려올 사람이요?"

"그래."

적풍이 고개를 끄떡였다. 그러자 우마가 다시 물었다.

"대체 누구요? 누가 있기에 거길 가겠다는 겁니까? 그 마귀들의 소굴에……."

"설루가 있다."

적풍이 대답했다. 아마 십자성에서 오직 우마에게만 할 수 있는 말일 것이다.

유령마군 사혼은 물론 준갈에게조차도 말할 수 없는 이름이다.

"설루가 누군데요?"

"네 형수!"

"예?"

우마가 다시 한 번 당황한 표정을 지었다.

"내 여자다. 그런데 염화마군이 데려갔다는구나."

"대체 이게 어떻게 된 일입니까? 갑자기 왜 형수가 튀어나오고, 그 형수라는 분을 염화마군이 왜 데려갔다는 겁니까?"

"염화마군 철륵이 천의비문에서 의원들을 데려간 것은 알고 있지?"

"알죠."

"그중 한 명이다."

"아니, 그럼 그동안 형수라는 분이 천의비문에 있었다는 겁니까?"

"운이 없게도 그 밤에 천의비문을 찾아왔다고 하는군. 천의비문의 노의원인 화수 유취려의 제자가 되어서 말이야."

적풍이 담담하게 대답했다.

"아니, 잠깐, 잠깐. 그럼 그동안 그 형수라는 분의 행방을 모르고 계셨어요?"

"음… 헤어진 지 십 년이 넘었어."

"대체 왜……?"

"내가 숨어 살아야 할 때 만났으니까."

"그때라면 너무 어린 나이 아닌가요?"

"북방에는 조혼의 풍습이 있다."

"후우… 그렇군요. 그런데 그분이 어쩌다 화수 유취려의 제자가 됐을까요?"

"글쎄… 그건 나도 모르겠다. 지난 밤 지왕종문의 배에서 스치듯 루의 얼굴을 본 듯했다. 그래서 천의비문의 문주에게 확인했지."

"그래서 따로 이야기를 나눈 것이군요?"

"음……."

적풍이 고개를 끄떡였다.

설루에 대한 이야기까지다. 아무리 우마라도 말해줄 수 있는 한계였다. 그 자신이 전마 적황의 아들이며 천의비문이 자신의 외가라는 사실은 절대 말할 수 있는 것이 아니었다.

어쩌면 그 사실은 평생 동안 비밀로 묻어둬야 할지도 모른다. 물론 의천노공 우서한과 쿠산이 입을 열지 않는다는 전제하에 가능한 일이지만 말이다.

"아무튼 그래도 전 반댑니다."

"그래도 갈 거다."

"물론 그러시겠지요. 그럼 저도 함께 가겠습니다."

"안 돼!"

적풍이 단호하게 말했다.

"왜요?"

"내가 없는 동안 십자성을 맡아줘야 하니까. 다른 사람은 믿을 수 없어."

"그럼 누굴 데려가겠다는 겁니까?"

"혼자 간다."

"예?"

우마가 다시 화들짝 놀라며 되물었다.

"이번 일은 나 혼자 한다. 십자성의 그 누구도 알면 안 돼. 난 그저… 폐관수련 정도로 해두자."

적풍이 말했다.

"정말 혼자 가실 겁니까?"

"음⋯⋯."

"그게 가능한 일이라고 생각하세요? 혼자 지왕종문을 찾아가서 형수님을 구해 오는 것이요?"

"사람을 몰아가는 것보다는 가능성이 크지."

"어쩌시려고요? 몰래 숨어 들어가시려고요?"

"두고 보면 알아."

"하아… 정말 어쩌시려고……."

우마가 나직하게 탄식을 흘렸다. 그러자 적풍이 다시 입을 열었다.

"일이 제대로 되면 지왕종문은 크게 흔들리게 될 거다. 그럼 당연히 북두회에서 지왕종문을 공격하게 되겠지. 그사이 세력을 더 단단히 하고 신혈족이 옮겨 간 곳을 알아봐. 혹시라도 그 와중에 구한 자들이 있으면 밀지에서 보호하고."

"그거야 걱정 마세요."

우마가 대답했다.

"좋아. 일단 서둘러 십자성으로 돌아가자!"

*   *   *

묵안노 마한이 눈살을 찌푸렸다. 뭔가 못마땅한 일이 일어났다는 표정이다. 그의 앞에서 그의 세 제자가 침묵을 지키며 묵안노의 말을 기다리고 있었다.

한참을 그렇게 침묵을 지키던 묵안노가 입을 열었다.

"그래서 육가의 동향은 어떠하더냐?"

묵안노 마한이 묻자 그의 첫째 제자인 돈오가 대답했다.

"반격을 해야 한다는 의견이 지배적입니다."

"어리석은 자들……!"

묵안노가 중얼거렸다.

"그들로서는 당연한 반응일 겁니다. 천의비문의 뒤를 따르던 북두회 고수들이 몰살을 당했으니……."

"그래 봐야 몇이나 된다고!"

마한이 단호하게 말했다.

"그대로 두면 자신들의 명예가 실추될 것이라 걱정하는 듯합니다. 지왕종문의 공격을 받고도 반격을 하지 못한다면 무림에 대한 그들의 장악력이 크게 약화될 것이니……."

"후우… 예상은 했지만 설마 염화마군 철륵과 십자성주까지 올 줄은 몰랐군. 그럴 줄 알았으면 그럴듯한 함정을 파놓는 건데……. 아무튼 십자성주가 온 이유가 중요해."

"그는 아무런 행동도 하지 않고 단지 천의비문의 문주만을 만나고 돌아갔답니다."

"그래서 더 이상해. 그럴 거면 왜 왔을까?"

마한이 고개를 갸웃하며 중얼거렸다. 하지만 그의 의문에 답을 해줄 사람은 장내에 없었다. 오히려 그의 세 제자가 그에게서 그 해답을 듣기를 기대하고 있었다.

"비문의 문주가 더 전해온 말은 없었느냐?"

"그렇습니다. 그뿐입니다."

"그자도 다른 생각을 하나? 분명히 십자성주에겐 특별한 목적이 있었을 텐데……."

"비문의 문주는 겁이 많은 사람입니다. 감히 스승님을 속일 생각은 하지 않을 겁니다. 일이 생기자마자 사람을 보내온 것을 봐도……."

"그렇긴 하지. 용렬한 자라 나를 속일 만큼 배포가 크질 못해. 그래서 월출산으로 보낸 거고. 그런데 그게 실수였던 모양이다. 염화마군이란 자가 천의비문의 의원을 데려가다니……."

"그가 왜 천의비문의 의원을 데려갔을까요?"

"그걸 몰라서 묻는 거냐?"

마한이 눈살을 찌푸리며 되물었다.

그러자 질문을 던진 돈오가 당황한 표정으로 대답했다.

"제자가 아둔하여……."

"쯔쯔… 그의 본색을 알고 있지 않느냐?"

"그야……."

"이골마족과 같은 피를 지닌 자다. 그렇다면 그가 천의비문의 사람을 왜 필요로 하겠느냐?"

"설마 우리와 같은 생각을 하고 있단 말입니까?"

"아마도… "

"그렇다면 큰일 아닙니까?"

돈오가 걱정스런 표정으로 물었다.

"걱정할 것 없다. 그가 데려간 천의비문의 의원들이 설마 의선들에 비하겠느냐? 더군다나 우린 이미 수개월 동안 이 일을 진행해 오지 않았느냐? 시간이 우리 편이라고 할 수 있지. 그리고… 뭐 굳이 육가의 가주들이 나서겠다면 그렇게 하라고 해

라. 그 일로 시끄러워지면 염화마군도 바빠질 테니까. 나쁠 것 없다."

"그럼 동의하시는 겁니까?"

"내일… 육가의 주인들을 만나겠다. 그래도 공격할 곳은 정해줘야겠지."

"알겠습니다."

돈오가 머리를 숙여 대답했다.

"그리고… 십 조를 십자성에 투입한다. 조장 주오삼을 불러라."

"예, 사부!"

뒤에 있던 삼제자 구룡이 대답했다.

"황옥은 공산으로 가라. 가서 정천사자들이 완성될 때까지 그곳에 머물러라."

"예, 사부님!"

이제자 황옥이 대답했다.

"좋아. 모두 맡은 일에 실수가 없도록 해야 한다. 우리에겐 시간이 많지 않아. 사제가 산을 내려오면 모든 것이 흐트러진다. 그 안에 무림을 손에 넣어야 해."

"알겠습니다, 사부!"

마한의 세 제자가 일제히 대답했다.

*   *   *

배는 강바닥을 긁고 가듯이 수심 낮은 계곡을 따라 올라갔다. 그러다가 드디어는 더 이상 물 위에 떠 있을 수 없을 만큼 수심이 낮아졌을 때 갑자기 아름다운 호수를 만났다.

기이한 호수였다.

넓이는 그리 크지 않아 반경 오십여 장에 불과했으나 그 깊이가 끝이 보이지 않을 만큼 깊었다. 아마도 호수 상류에서 내려오는 물을 모두 머금어 하류로 내려가는 수량이 급속히 적어졌을 것이다.

염화마군 철륵은 그곳에서 배를 멈췄다. 호수에 세 척의 배가 더 정박해 있는 것으로 보아 이곳이 지왕종문으로 이어지는 수로의 거점임이 분명했다.

"내리시오."

배가 호수에 멈추자 지왕종문의 무인 하나가 다가와 설루 일행에게 말했다.

지왕종문의 문도들은 대체로 거친 마기를 드러내는 자들이었으나 별도의 명을 받았는지 설루 일행에게는 제법 예를 갖췄다. 천의비문의 의원들에게 맡길 일이 그만큼 중요하기 때문일 것이었다.

설루는 유취려를 호위하듯 따르며 배에서 내렸다. 그러자 사방이 산으로 둘러싸인 깊은 숲이 보였다.

"저곳이 대혈산인 모양이구나."

유취려가 멀리 숲 뒤로 보이는 검붉은 바위산을 바라보며 말했다. 산에는 숲과 바위가 반반 섞여 있었는데 기이하게도 바위들이 붉은빛을 드러내고 있었다.

그 붉은 기운이 너무 강렬해서 석양인가 하고 고개를 돌려 보았지만 석양이 지기엔 너무 때가 너무 일렀다.

"그들만큼이나 이상한 산이군요."

설루가 말했다.

"화기가 강한 산이다. 그래서 붉은빛을 띠는 거다. 음… 염화마군이 양강지공에 강한 이유를 알겠구나."

"처음부터 이곳이 그들의 땅이었을까요?"

"글쎄… 그건 모르겠구나."

유취려가 고개를 저으며 대답했다.

"갑시다!"

조금 떨어져 있던 지왕종문의 고수가 설루와 유취려를 재촉했다. 배에서 가장 먼저 내린 염화마군 철륵은 이미 사라지고 보이지 않았다.

"가자꾸나."

유취려가 가장 앞서서 지왕종문의 고수를 따라가기 시작했다.

음습한 숲길이 이어졌다.

기이한 일이었다. 대혈산의 그 강력한 화기를 근처에 두고 이렇게 습한 숲이 존재한다는 것이 믿겨지지 않았다. 그러나 뛰어난 혜안을 가진 유취려에게는 이런 숲이 이해가 되는 모양이었다.

"누군가 지혜로운 자가 있는 모양이다."

"무슨 말씀이세요?"

설루가 조심스레 물었다.

"이 숲의 음기는 자연적으로 생긴 게 아니다. 아마도 숲 곳곳
으로 물길을 끌어들여 인공적으로 만든 숲일 게다."

"그게 가능한가요? 이 무성한 숲은 생긴 지 적어도 수백 년
은 된 것 같은데요."

설루가 고개를 갸웃했다.

"숲 자체야 수백 년이 아니라 수천 년이 된 것이지. 하지만
습한 음기는 최근에 형성된 것이다. 숲을 자세히 봐라. 큰 나무
들과 지금 막 자라나는 초목은 그 종류가 다르지 않니?"

유취려가 서당에서 학동을 가르치는 스승처럼 부드럽게 말
했다. 유취려의 말에 설루는 물론 두 사람과 함께 지왕종문으
로 향하고 있는 네 명의 천의비문 문도들 역시 호기심 어린 시
선으로 주변의 숲을 살폈다.

그리고 그중 가장 나이가 많은 유온이란 사람이 말했다.

"과연 화수 님의 말씀이 맞는 것 같습니다. 종이 틀리군요.
최근에 자라난 것들은 남방에서나 볼 수 있는 종입니다."

"본래 지기(地氣)가 뜨거운 땅에 물을 끌어대니 남방의 숲처
럼 무성한 숲이 형성된 것이다."

"외부의 접근을 막기 위한 것이군요."

"글쎄. 그럴 수도 있지만 다른 이유 때문일 수도 있다."

"다른 이유가 있단 말입니까?"

유온이 의아한 표정으로 물었다. 일부러 숲을 습지로 만들
이유가 방어를 위한 것 말고 뭐가 있단 말인가.

"어쩌면 애초에 이 땅은 사람이 살 수 없었던 곳인지도 모르겠다."

"그게 무슨 말씀이세요?"

이번에는 설루가 물었다.

"양기가 너무 강한 곳에선 사람이 살기 어렵단다. 사막에서 사람이 살기 어려운 이치와 같은 것이지. 숲이 있으니 물이 아주 없었던 것은 아니지만 이 숲은 모르겠지만 대혈산은 그러지 않았을 것이다. 간단한 채마도 기를 수 없었을 거야."

"그럼 대혈산에 사람이 살 수 있게 만들려고 일부러 이곳에 물길을 끌어들여 습기를 일으켰다는 말이군요."

"아마도 그런 듯하구나. 놀라운 일이지. 물길을 이용해 대혈산의 기후를 바꾼 것이니까. 분명 지리와 수리에 능통한 자가 있을 거야. 그런 자를 강호에선 현자라고 부르는데……."

유취려가 말꼬리를 흐렸다. 현자라는 자가 이런 마도의 무리를 위해 일한다는 것이 마음에 들지 않는 모양이었다.

"만인녀 하근이 한 일이 아닐까요?"

"지왕종문의 총관으로 있다가 십자성에 잡혔다는 그자 말이냐?"

"예. 그라면 충분히 그럴 능력이 되지 않을까요? 지왕종문에 들기 전에는 강호제일의 현자 중 한 명으로 불렸지 않습니까?"

"글쎄… 그라고 과연 이런 능력이 있을까?"

유취려가 미심쩍은 표정으로 중얼거렸다. 그때 그들의 뒤쪽에서 지왕종문 무사의 차가운 목소리가 들렸다.

"서두시오!"

재촉하는 소리를 듣자 설루 등이 잠시 잊었던 자신들의 처지를 떠올렸다. 금세 표정이 어두워진 천의비문의 문도들이 말없이 다시 걸음을 옮기기 시작했다.

쿵!

거대한 석문이 열렸다. 그러자 호수에서 사라졌던 염화마군 철륵의 얼굴이 보였다. 어둠을 밝히는 듯한 붉은 눈, 그 눈은 석실에 박아놓은 등보다도 밝아 보였다.

"이리 오라!"

자신의 본거지에 들어서일까. 철륵이 더욱 위압적인 목소리로 일행을 불렀다.

유취려를 선두로 천의비문의 문도들이 염화마군 앞으로 다가갔다.

"삼장만 남고 모두 나가라!"

염화마군 철륵이 다시 명을 내렸다. 그러자 애초부터 그를 따랐다는 지왕삼장만 남고 지왕종문의 마인들이 석실을 벗어났다.

염화마군 철륵은 수하들이 석실을 벗어나기를 기다렸다가 문이 완전히 닫히자 유취려에게 물었다.

"묻겠다. 그대도 과거 검은 사자들을 만들 때 함께했는가?"

"그들은 만들어진 것이 아니오. 스스로 태어난 것이지."

"그래? 뭐… 그렇게 볼 수도 있지. 그 잡종들의 피(血)에도 신기가 섞여 있으니까."

순간 유취려가 눈을 가늘게 떴다. 얼핏 염화마군의 말을 들으면 이자는 강호 현자들의 의문 중 하나인 이골마족의 기원에 대해 알고 있는 것처럼 보이기 때문이었다.

"이골마족에 대해 잘 알고 계시는 모양이구려."

"글쎄… 모르지는 않지."

"마군께서도 이골마족이오?"

유취려가 물었다.

"흐흐흐… 감히 잡종들과 나를 한 무리로 본단 말인가? 다시 한 번 그런 소리를 했다가는 죽을 거야."

"마군께서 지금 날 죽일 수 있겠소?"

유취려가 전혀 담담한 표정으로 물었다. 염화마군이 자신들에게 원하는 것이 있는 이상 자신들을 죽일 없다는 확신이 있는 모양이었다.

"크크! 과연 강단이 있군. 오면서 그대에 대해 들었다. 천의비문의 문도 중에서 가장 강단이 있다고… 과거 북두회가 천의비문을 압박할 때 그에 굴종한 문주와 맞서다가 비문을 떠났고."

"비문의 과거사야 거론할 필요가 없을 듯하고… 마군께서 원하시는 바가 무엇이오?"

유취려가 우울한 과거를 염화마군 철륵과 이야기하고 싶지 않다는 표정으로 물었다.

"좋아. 나도 너저분한 과거사 따위는 관심 없지. 날 따라오라!"

철륵이 자리에서 일어났다. 그리고는 태산처럼 무겁게 걸음을 옮기기 시작했다.

그 모습을 보며 설루는 문득 두려움을 느꼈다. 대전 뒤편 어둠 속으로 걸어가는 철륵의 몸에서 불꽃들이 떨어지는 듯 느껴지기도 했다.

설루가 유취려 뒤에 바짝 붙어 어두운 지하 회랑을 걸었다. 어둠 중에도 가끔 야명주가 빛을 내고 있었기에 길을 걸을 수도, 회랑을 살필 수도 있었다.

거대한 청석들로 만든 지하 회랑은 이 길을 만든 자의 능력을 의심케 할 만큼 대단한 것이었다. 아마도 황제가 명을 내려도 이런 신비한 회랑은 만들기 어려울 듯싶었다.

그렇게 얼마나 걸었을까. 문득 철륵이 걸음을 멈췄다. 그러고는 천천히 손을 들어 자신 앞을 가로막은 석문에 가져다 댔다.

그러자 잠시 후 설루의 눈에 화인으로 변한 듯한 철륵의 모습이 보였다. 눈에선 붉은 염광이 일렁였고, 석문에 대고 있는 손은 숯가마에 들어간 쇠처럼 붉게 달궈져 있었다.

그 손으로 철륵이 석문을 밀었다.

그르릉!

장정 십여 명이 붙어도 밀지 못할 것 같은 석문이 철륵의 한 손에 옆으로 밀려 나갔다.

그러자 갑자기 석문 안쪽에서 시원한 바람이 불어왔다. 마치 반대편에 다른 통로가 있는 듯한 현상이다.

그리고 흘러나오는 푸른빛들, 염화마군 철륵이 거침없이 그 빛 속으로 들어갔다.

"가시오."

문득 설루 등의 등 뒤에서 삼장 중 한 명인 독로의 재촉이 들렸다. 신비한 광경에 잠시 정신을 놓고 있던 설루 등이 퍼뜩 정신을 차리고 염화마군 철륵이 들어간 푸른 빛 속으로 들어갔다.

빛은 몹시 귀하다는 청옥에서 흘러나오고 있었다.

그리고 그 청옥으로 만들어진 아홉 개의 관이 있었다. 관 속에는 노소의 남녀 아홉이 누워 있었다.

철륵은 그중 가장 안쪽에 있는 이십 대 중반으로 보이는 청년의 관 앞에 섰다.

"이리 오라!"

철륵이 석실 안으로 들어선 천의비문의 문도들을 불렀다.

설루와 유취려가 이 신기하고도 기괴한 광경에 놀라며 느리게 철륵 앞으로 다가갔다.

"그대들이 할 일은 이들을 살려내는 것이다."

"잠들어 있는 것이오?"

유취려가 물었다.

"글쎄, 어찌 설명해야 할까. 가사 상태라는 것이 좋겠지. 억지로 깨우면 일각을 넘기지 못하고 죽는다더군."

"… 어쩌다 이렇게……?"

"그건 알 것 없고. 이들의 상태를 살피고 이들을 온전히 깨울 수 있는 방책을 찾으라. 이들이 살아나면 그대들도 살고, 이들이 죽으면 그대들도 죽는다. 이들과 그대들의 목숨은 이제 하나로 연결되었다. 한쪽이 끊어지는 순간 다른 쪽도 끊어지는 운명의 끈! 그러니… 반드시 살려야 할 거다!"

철륵이 유취려를 보며 경고했다. 그의 표정에는 일말의 과장도 깃들지 않아서 천의비문의 문도들은 정말 이자가 자신이 말한 대로 그가 원하는 자들을 살려내지 못하면 자신들을 죽일 거라는 것을 믿지 않을 수 없었다.

"많은 준비가 필요하오."

유취려가 말했다.

"가능은 하단 말인가?"

"그것 역시 얼마간 시간을 주고 이들을 살펴봐야 알 수 있소."

"흐흠… 나에겐 시간이 별로 없어."

"미안하지만 난 시간에 대해선 신경 쓰지 않소. 설혹 마군께서 원하시는 시간 안에 이들을 회복시키지 못해 내가 죽는다 해도 의술은 서둘러 되는 일이 아니니까."

유취려의 말에 염화마군 철륵은 잠시 유취려를 바라보다 입을 열었다.

"좋아. 우리 모두 시험해 보자고. 그대들은 그대들의 의술을! 난 내 인내심을… 그리고 나의 형제들은 그들의 운명을!"

염화마군 철륵이 청옥관에 들어 있는 사람들을 둘러보며 말했다.

거처는 관이 있는 석실과 십여 장 떨어진 곳에 위치한 또 다른 석실로 정해졌다.

다행스러운 것은 천장에 뚫어놓은 구멍으로 빛이 들어온다
는 점이었다. 그러나 그 통로의 길이가 또한 너무 깊고 좁아서
탈출은 꿈도 꿀 수 없었다. 애초에 석실에 신선한 공기를 통하
게 하기 위해 만든 통로인 듯 보였다.

자유롭지 못하다는 것을 빼면 모든 것은 나쁘지 않았다. 음
식과 잠자리는 훌륭했고, 지왕종문의 무사들도 비문의 의원들
을 함부로 대하지 않았다. 아마도 염화마군 철륵의 특별한 명
이 있었음이 분명했다.

유취려는 철륵에게 제법 많은 종류의 약재와 도구를 요구했
다. 철륵은 두말없이 유취려가 원하는 것을 모두 들어주었다.

그렇게 며칠이 지나자 설루 등이 묵고 있는 석실은 수많은
약재와 도구들로 가득 찼다.

그리고 그즈음이 되어서 유취려는 관 하나의 뚜껑을 열었다.

서늘한 석실에 열기가 가득했다. 천의비문의 의원들은 유취
려 곁에서 연신 땀을 흘리고 있었다.

사람은 관 속에 그대로 누워 있었다. 염화마군의 한 가지 경
고가 환자를 관 밖으로 끌어내지 못하게 만들었다.

"치료하지 않고 관에서 나오면 즉시 죽을 것이다. 왜인지는 나
도 모른다. 그러나… 무척 똑똑한 자가 한 말이니 믿어도 좋다."

그 말을 믿지 않을 수 없었다.

시험 삼아 한 사람 꺼내봤다가 죽는다면 염화마군은 결코

다른 자들의 치료를 맡기지 않을 터였다. 그래서 유취려와 천의비문의 의원들은 사람을 관 속에 놓아둔 채 그들의 상태를 살피고 있었다.

관이 깊어 제법 힘이 들어가고, 그들 자신의 생사가 걸린 일이라 긴장하지 않을 수 없었다. 당연히 땀이 흘렀다.

설루는 명주 천으로 유취려의 땀을 닦아주며 그녀가 관 속 인물을 살피는 것을 지켜보고 있었다.

유취려는 거의 두어 시진 동안 관 속 사내를 살폈다.

나이는 대략 오십 대 중반, 수많은 싸움을 치른 듯 몸 곳곳에 상처가 나 있었다. 이상한 것은 오랫동안 누워 있었음에도 사내의 피부에 생기가 흐른다는 것이었다.

본래 정신을 잃고 병석에 누우면 가장 먼저 피부가 상하는 법인데 사내는 그렇지 않았다. 조금 마른 듯 보이기는 해도 피부 자체에는 생기가 있었다.

"후우……!"

그렇게 두어 시진 동안 관 속 사내와 씨름하던 유취려가 한숨을 쉬며 관에서 멀어졌다. 그러고는 미리 준비해 놓은 물에 손을 씻으며 말했다.

"닫아라!"

유취려의 말에 천의비문의 의원들이 서둘러 관 뚜껑을 닫았다. 그러고는 누가 먼저랄 것 없이 유취려 곁으로 모여들었다.

"어찌 보았느냐?"

유취려가 비문의 의원들을 보며 물었다.

그러자 그중 가장 연장자인 유온이 대답했다.

"솔직히 말씀드리면 이해가 가지 않습니다. 이자의 맥은 강하고, 혈은 왕성합니다. 피부의 생기도 젊은이의 그것처럼 활력이 있습니다. 내상 역시 예전에는 어땠는지 모르지만 지금은 거의 치료가 된 듯합니다. 그런데 왜 정신을 잃고 누워 있는지……?"

"너희들은 어떠냐?"

유취려가 다른 사람들을 보며 물었다.

"저희도 유 사형과 같은 생각입니다."

천의비문의 다른 문도들이 대답했다.

"모두의 생각이 같구나. 사실 나 역시 온과 같은 생각이다."

유취려의 대답에 천의비문 문도들의 얼굴색이 어두워졌다.

원인을 알지 못하는 병은 고치지 못한다. 자신들과 같은 생각이라면 유취려 역시 이들을 치료할 수 없단 뜻이다.

"그럼… 불가능한 겁니까?"

유온이 조심스레 물었다.

"아니… 치료할 수 있다."

"어… 어떻게 말입니까?"

유온이 놀란 표정으로 되물었다. 원인을 모르는 병을 어찌 치료한단 말인가? 그러자 유취려가 대답했다.

"삼십여 년 전 선대의 어른들께서 이런 자들을 깨어나게 하는 것을 봤으니까. 비록 그 원인은 알 수 없었지만……."

제10장
홀로 가야 할 길

"폐관수련? 미친 거냐?"

유령마군 사혼이 어이없는 표정으로 적풍에게 물었다. 대전 안에는 오직 적풍과 우마, 그리고 사혼만 있었다.

그래서 사혼의 말투도 거침이 없었다. 작금에 들어서는 십자성 내 적풍의 위상이 워낙 절대적이어서 사람이 많은 곳에선 사혼조차 적풍에게 함부로 말을 하지 못했다.

"내가 미친 걸로 보입니까?"

적풍이 심드렁하게 되물었다.

"물론 아주 멀쩡해 보인다. 멀쩡해 보이는 놈이 그런 미친 소리를 하니까 이상한 거 아니냐?"

"회주님! 말씀이 지나치십니다."

우마가 화난 듯한 표정으로 말했다. 그로서는 이제 흑사회는 과거의 기억일 뿐이다.

현재의 십자성에서 흑사회를 떠올리는 것은 쉽지 않았다. 십자성이 탄생한 이후 그 세력 면에서 과거 흑사회의 수배 이상으로 성장했고, 강호에서 모여든 고수의 숫자만도 흑사회와 비할 바가 아니었다.

적풍은 십자성의 절대적 존재가 되었다. 그러니 이제는 비록 그가 유령마군 사혼이라 해도 적풍을 존중해야 한다는 것이 우마의 생각이었다.

그러나 사혼의 생각은 다른 모양이었다.

"호? 요놈 봐라. 이 애송이 녀석이 감히 누구에게 따지고 드는 거냐? 네놈들이 제법 강호에서 이름을 얻더니 이제 나도 눈에 들어오지 않는 거냐?"

"누가 그렇답니까? 단지 형님은 이제 십자성주로서 강호의 절대자 중 한 사람인데 그에 맞는 예우를 해드려야 한다는 거지요. 아무리 회주께서 형님의 스승이라 해도 이놈저놈 할 수는 없는 겁니다."

"아하… 머리 큰 자식은 자식이 아니라더니 과연 그 말이 맞군. 이럴 줄 알았으면 네 사부를 데려올 건데 그랬다. 네 사부에게도 과연 그 말을 할 수 있겠느냐?"

마도충을 두고 하는 말이다.

"사부께선 애초에 함부로 말을 하지 않으시겠지요."

"아아, 빌어먹을! 흑사회도 내가 시작했고, 십자성도 결국 내 손으로 만든 것인데 이젠 완전히 객이 되어버린 신세구나!"

사혼이 한탄하듯 중얼거렸다.

그러자 적풍이 귀찮다는 듯 말했다.

"그만들 하고. 아무튼 내가 없는 동안 성을 잘 부탁드립니다."

"제길, 난 모르겠다. 잘난 네 아우 놈에게나 부탁하거라!"

사혼이 화가 난 표정으로 대꾸했다.

"우마는 밖의 일에 신경 써야 합니다. 그러니 내부의 일은 사부가 살펴줘야죠. 중요한 일은 반드시 우마를 불러 상의하시고요."

적풍은 사혼이 거절을 하든 말든 자신이 할 말을 이어갔다. 그러자 사혼이 못마땅한 표정으로 잔뜩 인상을 찌푸리고 있다가 갑자기 무슨 생각이 들었는지 히쭉 미소를 지었다.

"갑자기 왜 그러세요?"

우마가 사혼이 실실거리자 불안한 표정으로 물었다.

"요놈들 봐라?"

사혼이 대답 대신 장난기 어린 욕설을 내뱉었다.

"미치셨어요?"

우마가 앞서 사혼이 한 말을 되갚아줬다.

"흥, 넌 모르지만 난 참을성 많은 늙은이다. 그래서 네놈의 그런 말에 발끈하지는 않는다. 하지만 나도 미친 건 아냐. 단지 나의 깊은 혜안으로 네놈들의 수작을 알아챈 거지."

"수작이라뇨?"

우마가 되물었다.

"성내의 급한 일은 우마 네놈을 불러 상의하란 말에서 내가 네놈들의 수작을 눈치챘다. 정 급하면 폐관에 든 놈을 불러내면 되지 뭐 하러 멀리 강호에 나가 있는 너까지 불러들이겠느냐? 결국 말이야… 어딜 가려고?"

사혼이 적풍에게 물었다. 표정에서 장난기가 사라지고 없었다.

"과연 사부시오."

적풍이 고개를 끄떡였다.

"어디냐?"

사혼이 다시 물었다.

"잠시 여행이나 하려고요."

적풍이 대답했다.

"말할 수 없다는 거냐?"

다시 묻는 사혼의 질문에 적풍이 묵묵부답 답이 없다. 사혼이 살짝 아미를 모았으나 결국은 더 이상 묻지 않았다. 적풍이 한 번 입을 닫으면 결코 그 입을 열 수 없다는 것을 가장 잘 아는 사람이 사혼이다.

대신 사혼이 다른 것을 물었다.

"십자성은 현 상태를 유지하는 것이냐?"

"일단은 그렇습니다."

"일단이라……."

사혼이 모호한 표정을 지었다.

"어차피 북두회와 지왕종문은 싸우게 될 겁니다. 크든 작든 간에 말이죠. 염화마군이 천의비문에서 의원들을 데려가면서 죽인 북두회 무사의 숫자가 적지 않아요. 북두회에서 어떤 식으로든 보복을 하려 할 겁니다."

"그렇겠지."

"우린 그저 그 싸움이 조금 더 커지기를 바랄 뿐이지요."

그러자 사혼이 살짝 고개를 틀었다가 빙그레 웃으며 물었다.

"네가 그렇게 하겠다는 거냐?"

"의도한 것은 아니지만 그렇게 될 수도 있지요."

적풍이 대답했다. 그러자 사혼이 웃음을 터뜨렸다.

"하하하, 음흉한 놈이로다!"

"그 사부에 그 제자지요."

"난 네가 호랑인 줄 알았는데?"

"호랑이도 사냥감이 거리 안에 들어올 때까지는 몸을 숨기는 법이지요."

"크크크, 좋아좋아. 나야 뭐 그런 것이 더 좋으니까. 알았다. 잘 다녀와라!"

사혼이 고개를 크게 끄떡이고는 자리에서 일어나 적풍의 거처를 나갔다. 그러자 우마가 물었다.

"이상한 일입니다."

"뭐가?"

"왜 더 추궁하지 않으셨을까요?"

"아마도 내가 다른 곳으로 가는 것으로 알고 있을 거다."

적풍은 사혼이 자신의 목적지가 월하선봉일 거라 짐작하리라 생각하고 있었다.

"어디를요?"

"사부와 나만이 아는 곳……."

적풍이 그 말을 끝으로 입을 닫았다. 그러자 우마도 더 이상 묻지 않았다. 우마 역시 적풍과 사혼 사이에 그가 알지 못하는 또 다른 비밀들이 존재한다는 것을 알고 있었다.

그럼에도 우마는 적풍을 신뢰했다. 그가 신혈족이고, 그가 대단한 무공을 보여줬기 때문은 아니었다. 그저 알 수 없는 이유로 생겨난 신뢰감과 충성심이었다.

그 자신도 이유를 알 수 없는 믿음, 그건 마치 태어나면서부터 가지는 부모에 대한 믿음 같은 것이었다. 그것이 하나의 검 때문일 수도 있다는 사실은 그 역시 도저히 알 방도가 없었다.

배웅을 나온 것은 우마와 준갈 두 사람이었다. 두 사람이야말로 십자성에서, 아니, 무림에서 적풍에게 가장 중요한 인물들이었다.

"오지 않으면 우리가 갈 겁니다."

준갈이 새벽안개 속에 서 있는 적풍을 보며 말했다.

"그러든지."

적풍이 심드렁하게 대답했다.

"그저 하는 말이 아닙니다. 기한은 여섯 달입니다. 아니 오시면… 전력을 기울여 대혈산으로 갈 겁니다. 가서 양단간에 결판을 내고 말 겁니다."

"후후, 묵안노가 쾌재를 부르겠군."

"강호삼분이고 사분이고 그딴 거 모릅니다. 천하야 어찌 되든 그것도 상관할 바 아니지요. 우린 그저 성주를 찾아갈 겁니다. 성주가 없으면… 우린 다시 도망자 신세가 될 테니 말입니다. 그것보다야 염화마군과 싸우다 죽는 게 낫지요."

"그럴 일은 없을 거야."

적풍이 대답했다.

"그래야지요. 나 준갈의 주군이신데……."

"잘들 있으라고. 그리고 좀 아니꼬워도 사부의 말을 따라. 그 늙은이들은 말이야, 정말 노련한 늑대들이거든. 과거의 일도 있고 해서 실수를 하지 않을 거야."

"잘 알겠습니다."

우마가 대답했다.

그러자 적풍이 손을 한 번 흔들고는 훌쩍 말에 올라 안개 속으로 사라졌다.

"정말 가시네."

준갈이 아쉬운 표정으로 말했다.

"돌아오실 겁니다."

"그래야지. 그런데 참 이상하단 말이야."

"뭐가요?"

"평소 주군의 성정으로 보자면… 주모님 한 사람을 구하자고 위험을 감수할 성품은 아니신데. 작은 정에 매이시는 분이 아니잖은가?"

"글쎄요. 형수께서 그만큼 중요한 분이란 뜻이겠지요."

"그런가? 아무튼 말이야, 우리 잘할 수 있겠지?"

준갈이 우마에게 물었다.

"버텨내야죠."

"버티는 것이야말로 내 특기라고 할 수 있지."

준갈이 툭툭 자신의 어깨를 치며 말했다.

안개 가득한 숲길에서 적풍이 잠시 서성였다. 말이 주인의 의도를 몰라 이리저리 발굽을 돌렸다.

그러기를 얼마, 숲에서 한 사람의 인기척이 났다. 그리고 잠시 후 쿠샨이 모습을 드러냈다. 말 한 필의 고삐를 잡고 있었는데 끌고서 숲을 이동한 모양이었다.

"왔소?"

"기다려 주셨군요."

쿠샨의 얼굴에 미소가 핀다.

"심심할 것 같아서."

"전 혼자 떠나실 줄 알았습니다."

"뭐… 도움이 필요하기도 하고."

"알겠습니다. 뭐든 도와드리지요. 시켜만 주십시오."

"일단 악양까지 갑시다."

"악양이라시면? 왜입니까? 운하를 타고 올라 황하를 거슬러 오르면 바로 대혈산에 도착할 수 있을 텐데요?"

쿠샨이 의아한 표정으로 물었다.

"그렇게 해서는 승산이 좀 떨어지지."

"하면……?"

"성동격서……."

"외곽을 먼저 치시겠다는 말씀이시군요. 그럼 차라리 십자성의 고수들을 동원하는 것이 좋지 않겠습니까?"

"정체가 명확한 적은 혼란을 주지 못하오. 외려 상대를 결속시키지. 지왕종문을 따르는 자들에게 필요한 건 공포요."

"공포라……."

"공포가 그를 움직이게 만들 거요. 그가 성을 비우면 대혈산의 방비는 허술해지겠지."

"그 일을 십자성주의 이름으로 하지 않으시겠다는 거군요."

"그렇소."

적풍이 대답하자 쿠샨이 고개를 끄떡였다.

"알겠습니다. 새로운 신분을 준비해 보지요. 그럴듯한 것으로……."

"갑시다."

적풍이 길을 재촉했다. 그러자 쿠샨이 훌쩍 말 위에 올랐다. 그러고는 앞서가는 적풍을 빠르게 따라붙었다.

"그런데 왜 굳이 따라가려고 고집을 부리는 거요?"

적풍이 다가선 쿠샨에게 물었다.

"지난번에 잠시 언급했던 일을 하려고 합니다."

"무슨……?"

"사부께선 전마의 행장록을 남겼으니 전 전왕의 행장록을 남겨보려고요."

"후후… 귀찮은 감시자가 생겼군."

"하하, 훌륭한 조력자라고 생각해 주십시오."

쿠샨의 웃음소리와 함께 두 사람의 모습이 숲으로 사라졌다.

*　　　　*　　　　*

천하의 시선이 명화산으로 향했다.

혈궁이 빠져나간 북두회 육가의 고수들이 명화산에 집결한다는 소문이 강호에 파다하게 퍼졌기 때문이었다.

그리고 그 이유가 알려졌을 때 다시 한 번 강호가 소란스러워졌다. 명화산에 육가의 고수들이 모이는 이유가 지왕종문의 도발에 대한 보복을 위해서였기 때문이었다.

지금까지 북두회와 지왕종문 간의 싸움은 여러 번 있었으나 대부분의 경우 전면전으로는 이어지지 않았다.

물론 혈마련과의 싸움은 제법 큰 싸움이었지만 그 역시 북두회 전체가 동원된 싸움은 아니었다. 더군다나 지금은 혈마련

의 세력이 빠져나가서 북두회의 문파 중 제대로 지왕종문과 겨
룬 문파가 없었다.

그런데 드디어 북두회가 지왕종문을 향해 공개적으로 칼을
뽑기로 했으니 강호의 관심이 모이지 않을 수 없었다.

그런데 소문난 잔치에 먹을 것 없다고, 그렇게 강호를 떠들
썩하게 만든 것과 달리 명화산에 모인 육가의 고수는 그리 많
지 않았다.

그들의 숫자가 겨우 이백여 명에 지나지 않는다는 사실이
알려졌을 때 강호는 다시 한 번 북두회의 한계를 볼 수 있었
다. 이 정사양도의 묘한 회합체인 북두회는 각 가문이 자신
들의 진실한 전력을 제공할 만큼 결속력이 강하지 않았던 것
이다.

사실 그간 지왕종문이나 십자성을 일컬어 호사가들이 천하
삼패라고 떠들어대도 무림인들은 강호의 중심이 여전히 북두회
에 있다고 생각하고 있었다.

이유는 단 하나, 지왕종문에 의해 그 세력이 크게 약해진 혈
궁을 제외한 나머지 여섯 문파는 홀로라도 지왕종문이나 십자
성과 겨룰 만한 힘이 있다고 여겨졌기 때문이었다.

그런 여섯 가문이 힘을 모으면 아무리 지왕종문과 십자성이
강력한 힘을 지닌 문파라도 감히 북두회를 감당할 수 없을 것
이란 것이 강호 현자들의 평가였던 것이다.

그런데 처음으로 지왕종문에 대한 대대적인 반격을 천명했
던 북두회의 결속력이 예상외로 허술하자 무림인들은 북두회

라는 세력에 대해 의구심을 품지 않을 수 없었다.

하긴 애초부터 정사양도가 간담을 모두 내놓고 협력한다는 것이 있을 수 없는 일이었다.

하지만 어쨌거나 그렇게 명화산에 모인 북두회 육파의 고수들은 지왕종문에 대한 소소한 공격을 시작했다.

그리고 그 즈음 적풍와 쿠샨은 너른 동정호를 지나 악양 북쪽 호북의 초입에 들어서고 있었다.

"비곡채입니다."

쿠샨이 손을 들어 남쪽으로 흐르는 강의 한 지점을 가르쳤다.

장강의 지류를 이루는 강은 대운하를 통하지 않고는 이어질 수 없는 장강과 황하 두 거대한 물줄기를 가장 가깝게 이어주는 지류였다. 작은 배를 끌고 올라와 강의 상류에서 내린 후, 육로를 이용해 황하 지류에 닿을 때까지 마차를 끌고도 열흘이 걸리지 않아서 작고 빠른 상단들이 주로 이용하는 상로였다.

그러니 이 중요한 강줄기에 수채가 존재하는 것은 당연한 일이었다.

쿠샨의 손끝이 향한 곳에 가파른 절벽으로 둘러싸인 계곡이 있었다. 그 계곡의 입구에 굵직한 통나무들로 방책을 세운 후, 물줄기를 그 방책 안까지 끌어들여 배를 댈 수 있게 만든 수채가 있었는데 수채의 이름이 바로 비곡채였다.

본래 비곡이란 말은 수채가 위치한 협곡의 이름으로 사방 어디서도 공격하기가 어려운 난공불락의 험지다.

그곳에 따리를 튼 비곡채는 지왕종문을 추종하는 주요 문파인 장강 수적 집단의 수괴 흑룡채의 오래되고 충직한 방계 수채였다. 비곡채주 이괄은 흑룡채주 흑두룡의 처남이기에 흑룡채에게는 더욱 중요한 협력자였다.

"효과가 있겠소?"

적풍이 물었다.

"아주 좋을 겁니다."

"이유는?"

"비곡채가 당하면 흑두룡이 올 겁니다. 흑두룡을 잡으면 지왕종문에 큰 타격일 수밖에 없지요. 흑룡채는 지왕종문의 강남 본거지라고 할 수 있는 곳입니다. 아마 지금도 지왕종문의 고수 중 여럿이 흑룡채에 머물고 있을 겁니다."

"흑룡채가 무너지면 지왕종문은 강남무림에서 근거지를 잃게 된다는 뜻이구려."

"그렇습니다. 그러니 아주 효과가 좋지요."

"좋구려. 그런데 이름은 생각해 보셨소?"

"생각해 보니 이름은 필요가 없을 것 같습니다. 단지 별호 하나면 충분할 것 같습니다만."

쿠샨의 말에 적풍이 고개를 끄떡였다.

"그도 그렇구려."

"천무객이란 별호가 좋을 것 같습니다."

"천무객?"

"그렇습니다. 하늘의 뜻을 받들어 강호의 마인들을 척살한다. 뭐, 그렇게 소문을 내지요. 그렇게 얻는 명성은 언젠가 나중에 긴요하게 쓸 수 있는 법이지요. 그럼 북두회의 방해도 없을 겁니다."

"그래도 명성이 높아지면 북두회도 견제하려 하지 않겠소? 원래 그런 명성은 북두회 중 정파에 속한 자들의 전유물 아니오?"

"그래도 혼자인 적은 두렵지 않은 법이지요."

"그렇구려. 알겠소. 이제부턴 천무객으로 살아봅시다."

적풍이 고개를 끄떡이고는 말을 몰아 비곡채가 있는 곳으로 다가가기 시작했다.

"이제야 주군의 본모습을 볼 수 있는 건가?"

쿠샨이 멀어지는 적풍을 보며 중얼거렸다.

비곡채의 정문은 물 위에 있다. 비곡채를 드나드는 자들은 대부분 배를 타고 이동했다.

하지만 육로로 접근하는 길이 아주 없는 것은 아니었다. 좁은 협곡의 잔도를 따라 걸으면 비곡채의 좌측 입구에 도착하는데 비곡채는 그 길 요소요소에 수적들을 배치해 채에 접근하는 자들을 삼엄하게 경계했다.

길이 좁고 험한데다 경비까지 삼엄하니 호의를 가지고 비곡채에 오는 자들은 거의 대부분 배를 이용해 남쪽 정문을 통과했다.

그런데 그런 서쪽 잔도에 한 사내가 나타났다.

평소에 워낙 사람이 다니지 않는 곳이라 이곳을 경계하는 수적들도 도검을 풀어놓고 잡기를 즐기는 것이 보통이다. 오늘도 수적들은 한군데 모여 앉아 마작을 즐기고 있다가 그나마 길을 감시하고 있던 자의 목소리를 들었다.

"이것들 봐. 누가 오고 있어."

동료의 말에 신중하게 마작패를 들여다보고 있던 수적들이 귀찮은 표정으로 소리쳤다.

"몇이나 돼?"

"하나!"

"젠장 그럼 자네가 가서 만나보면 되잖아?"

"나 혼자 말인가?"

"그럼 둘씩이나 필요해? 여긴 비곡채야! 흑룡채와 지왕종문의 친구라고. 감히 누가 우리를 공격하겠어. 그것도 혼자서! 가서 만나봐."

"좋아. 그러지. 하지만 알아둬! 자네들 내게 빚진 거야."

"알았어. 알았어. 판 접으면 개평을 넉넉히 주지!"

"흐흐흐, 좋아. 이런 경우를 재주는 곰이 넘고 금자는 사람이 번다고 하는 거지."

"젠장 말은 잘해! 어서 가봐."

동료들의 재촉에 경계를 서던 수적이 무지막지하게 생긴 청룡도를 집어 들고 훌쩍 잔도 위로 내려갔다.

"서라!"

갈대로 엮은 초립을 쓰고 허름한 마의를 입은 채 말을 타고 잔도를 이동하고 있던 적풍의 앞을 비곡채의 수적이 막아섰다.

청룡도를 든 수적의 눈이 호랑이처럼 형형해서 보통 사람이라면 오금을 저리고 도주할 인상이었다. 그러나 적풍은 이 험악해 보이는 수적이 사실은 도를 제대로 배워본 적이 없는 자라는 것을 금세 눈치챘다.

병기라면 그것이 도든 검이든 자신의 체구와 힘에 맞아야 한다. 그런데 수적이 든 청룡도는 그의 힘을 고려하면 지나치게 컸다. 아마도 묶여 있는 적이나 혹은 겁에 질려 사지에 힘이 빠진 적을 베는 것 아니고는 전혀 쓸모가 없는 병기일 것이다.

이런 도를 쓰려면 반드시 공력이 필요한데, 이 험악한 인상의 수적에게서는 내력이 느껴지지도 않았다. 외려 그 험악한 인상 뒤에 숨어 있는 것은 강에서 고기나 낚아내는 어부의 순진함이다.

하긴 수채란 곳이 먹고살기 힘든 자들이 굶주림에 지쳐 찾아드는 것이 대부분이어서 무공을 알고 있는 자는 드문 편이었다.

"어디서 오는 자냐?"

말을 멈추자 수적이 다시 물었다. 제법 위엄이 있는 모습이다. 적풍이 그런 수적을 잠시 바라보다 말에서 내렸다.

적풍의 행동에 수적이 만족한 미소를 지었다. 적풍이 말에서 내린 것이 자신에게 겁을 먹고 하는 행동이라 생각했기 때문이었다.

"이곳은 장강의 영웅들이 기거하는 비곡채다. 알고는 왔느냐?"

수적이 다시 한 번 호통쳤다. 수적질을 하는 동안 약자에게 호통치는 것에 재미가 들린 모양이었다.

"잘못 찾아오진 않았군."

적풍이 무심하게 중얼거렸다.

순간 지금까지 호통을 쳐대던 수적의 얼굴에 경계심이 깃들었다. 적풍의 말투가 생각보다 침착하기 때문이었다.

"본 채에 무슨 볼일이라도 있는 사람인가?"

수적이 조금 목소리에 힘을 빼고 다시 물었다.

그러자 적풍이 대답을 하는 대신 성큼성큼 수적을 향해 다가왔다.

"서라!"

적풍이 다가오자 수적이 놀란 표정으로 청룡도를 들며 소리쳤다. 그러자 잔도 위, 경비를 서는 초막에서 마작패를 돌리던 자들이 손을 멈추고 잔도 위로 시선을 주었다.

"뭐야?"

"무슨 일이야?"

수적들이 제각기 소리치며 도검을 들었다.

그 순간 적풍이 청룡도를 든 수적 앞으로 다가서더니 번개처럼 주먹을 휘둘렀다.

쿵!

적풍의 주먹이 수적의 청룡도를 비껴 지나가 그의 어깨를 강타했다.

"억!"

수적이 벼락처럼 가해지는 적풍의 주먹을 감당하지 못하고 비명을 지르며 도를 놓쳤다.

쩡그렁!

수적의 손에서 떨어진 청룡도가 요란한 소리를 내더니 잔도 왼쪽의 계곡을 타고 굴러떨어졌다.

"컥!"

연이어 수적의 숨 막힌 듯한 신음 소리가 흘러나왔다. 어느새 적풍의 손이 수적의 목울대를 움켜쥐고 있었다.

"끄으으… 사, 살려주시오."

수적이 금세 꼬리를 내렸다. 역시 적풍의 예상대로 수적보다는 그물 치는 어부가 어울리는 사람이었다.

"누가 죽인다고 했느냐?"

적풍이 수적을 나직하게 말하며 수적을 들어 땅 위에 내리꽂았다.

쾅!

"악!"

수적이 등으로 전해지는 고통을 이기지 못하고 다시 비명을 질렀다.

"이놈! 멈춰라!"

"이 개자식이 여기가 어딘 줄 알고!"

초막 위에서 동료가 적풍의 손에 곤죽이 되는 것을 보고 있던 수적들이 누가 먼저랄 것도 없이 욕설을 내뱉으며 적풍을 향해 몰려 내려왔다.

숫자는 모두 넷, 그러나 앞서 적풍이 상대했던 자와 다를 바가 없는 자들이어서 적풍에게는 전혀 위협이 되지 않았다.

적풍이 청룡검을 빼 들었다. 그러고는 질풍처럼 수적들을 향해 치달았다.

퍼퍼퍽!

적풍의 청룡검이 광풍처럼 회전하자 둔탁한 타격음과 함께 내달리던 수적들이 사방으로 너부러졌다.

"억!"

"아이쿠야!"

수적들 입에서 저마다 비명 소리가 흘러나왔다. 그럼에도 불구하고 수적 중 죽은 자는 한 명도 없었다. 이유는 단 하나, 적풍이 청룡검의 검면으로 수적들을 상대했기 때문이었다.

"으으으!"

적풍에게 당한 수적들이 두려운 눈빛을 흘리며 한곳으로 모여들었다. 그러고는 주춤주춤 도검을 짚고 일어서며 물었다.

"대체 뉘… 시오?"

적풍은 대답을 하는 대신 자신이 타고 온 말 등에서 단단한 밧줄을 꺼내 다섯 명의 수적에게 던졌다.

"묶어라!"

적풍의 말에 수적들이 어리둥절한 표정을 지었다.

"뭐… 뭘 말이오?"

"서로 손을 묶고 한 줄로 늘어서라!"

적풍의 말에 수적 중 하나가 그나마 용기를 내며 말했다.

"이보시오, 이곳은 비곡채의 영역이오. 우린 비곡채의 수적이고 말이오. 우릴 함부로 대했다간 채주에게 죽음을 면치 못할 것이오!"

"그 채주를 잡으러 왔다. 그러니 군소리 말고 묶어. 싫다면… 저곳으로 내려가는 것도 괜찮겠지."

적풍이 청룡검을 들어 왼편의 가파른 계곡을 가리켰다. 떨어지면 즉사를 면치 못할 높이다.

수적들이 서로 눈치를 살폈다. 그간 상인들을 약탈할 때와는 전혀 다른 상황이었다. 상인들이 고용한 무사들과 싸워보기도 했지만, 대부분 비곡채란 이름에 겁을 먹고 제대로 대항하는 자가 없었다.

그런데 오늘은 그야말로 제대로 된 무인을 만난 것이다.

"묶어, 묶어……."

가장 뒤에 숨어 있던 사내, 적풍에게 청룡도를 들이댔던 사내가 동료들을 재촉했다.

"젠장, 나중에 채주에게 무슨 치도곤을 당하려고?"

"그럼 지금 죽겠다는 거야?"

청룡도의 주인이 화를 냈다. 그러자 채주를 들먹였던 수적이 당황한 표정을 짓다가 어쩔 수 없이 적풍이 던진 밧줄로 자신의 동료들을 묶기 시작했다.

"다 묶었… 습니다!"

자신의 동료들을 굴비 엮듯이 묶은 수적이 적풍에게 말했다. 이젠 감히 하대도 하지 못했다.

"그럼 그들을 끌고 수채로 간다."

"예?"

수적이 화들짝 놀라 적풍을 바라봤다.

"두 번 말하지 않는다. 수채로 간다."

창!

적풍이 청룡검을 휘휘 저어 파공음을 일으키더니 검끝을 수적의 명치 앞에 들이댔다.

적지 않은 크기의 청룡검을 회초리처럼 휘두르는 적풍의 솜씨에 놀란 수적이 자신도 모르게 입을 열었다.

"왜… 왜 이러십니까?"

"수채로 간다. 싫다면 널 죽이고 내가 끌고 가면 그만이야."

적풍의 말에 동료들을 묶은 수적이 어쩔 수 없이 자신이 묶은 동료들을 앞세우고 수채로 향하기 시작했다.

"뭐하는 놈들이지?"

수채의 서쪽 출입구를 지키고 있던 수적들이 기이한 모습으로 다가오는 자들을 보며 중얼거렸다.

"그러게 말이야. 누굴 잡아 오는 것 같은데… 수채에 들려는 잔가?"

보통 가끔이 강호에서 칼깨나 쓴다는 자들이 비곡채에 들기 위해 저렇게 비곡채의 적을 잡아 오는 경우가 있었다.

"보자… 어……? 저, 저건?"

다가오는 자들을 살피던 수적이 놀란 표정으로 말을 잇지 못했다.

"왜 그래?"

"저… 저놈은 흑돌이잖아?"

"흑돌?"

동료 수적이 놀란 눈으로 얼른 시선을 돌렸다. 그러고는 역시 믿지 못하겠다는 듯이 중얼거렸다.

"흑돌이 맞아. 그런데 그럼 저게 무슨 짓이지? 저 자식이 왜 형제들을 묶어 오는 거야?"

"젠장 낸들 아나? 아무튼 보통 일은 아닌 것 같으니 어서 채주께 기별을 넣어!"

"알겠네!"

수적 중 한 명이 부리나케 방책 안으로 뛰어 들어갔다.

"모두 나와!"

혼자 남은 수적이 동료들을 불렀다. 그러자 십여 명의 수적이 방책 입구를 막아섰다.

그사이 수적들을 앞세운 적풍이 방책 앞에 이르렀다.

"흑돌! 대체 이게 무슨 짓이냐?"

방책을 지키던 자가 동료들을 묶어 끌고 온 수적에게 소리쳤다.

"젠장… 나도 모르겠소. 젠장!"

흑돌이란 자가 연신 고개를 흔들었다.

"야, 이 미친놈아! 네가 모르면 누가 알아!"

"제길… 이 양반에게 물어보쇼!"

흑돌이 턱으로 자신의 등 뒤에 있는 적풍을 가리켰다. 그러자 수적들의 시선이 일제히 적풍에게로 향했다.

일의 전후 사정은 이미 드러났다. 말에 올라 있는 이 초립의 사내가 서쪽 잔도를 지키고 있던 자들을 제압해서 끌고 온 것이 분명했다.

"웬 놈이냐? 대체 본 채에 무슨 원한이 있어 이런 일을 벌였느냐?"

서쪽 문을 지키던 수적이 소리쳐 물었다.

"방책 문을 열어라!"

적풍이 수적의 물음에 대답을 하는 대신 나직하게 말했다. 그 서늘한 목소리에 질문을 던진 수적의 얼굴이 흠칫 떨렸다.

수적질을 하다 보면 늘어나는 것 중 하나가 눈치인데, 그 눈치로 살피자면 이런 분위기를 흘리는 자는 강호의 고수일 가능성이 많았다.

"대체… 본 수채에 무슨 볼 일이 있는 것이오?"

이번에는 제법 정중하게 물었다.

"열을 센다. 그 안에 길을 열지 않으면 다칠 거야."

적풍이 다시 경고했다.

"이… 이자가 감히 비곡채를 뭘로 보고! 우린 흑룡채… 아니, 지왕종문에 속한 사람들이다. 감히 지왕종문을 도발하려는 거냐?"

지금 강호에서 가장 잘 먹히는 협박 중 하나는 지왕종문을 들먹이는 것이다.

그러나 수적의 기대와 달리 이 불청객에게만큼은 지왕종문의 악명이 먹혀들지 않았다.

"그래서 너희를 찾아온 거야. 그저 수적으로 살면 그만인 것을, 지왕종문의 마졸로 살길 원했기 때문에 말이다! 이제… 열이 되었군!"

말이 채 끝나기도 전에 적풍의 검이 움직였다.

고오오!

허공을 가르는 적풍의 검에서 기이한 파공음이 일어났다. 마치 폭풍을 몰고 오는 구름이 내는 소리 같았다.

그 기세에 놀란 수적들이 자신도 모르게 검의 방향에서 비켜섰다. 순간 적풍의 청룡검에서 한 줄기 검기가 일어나더니 그대로 단단한 방책을 가격했다.

쿠릉!

둔중한 파열음이 일어났다. 연이어 비곡채의 단단한 방책 중 한곳에서 통나무 기둥이 빠져나왔다. 그걸 신호로 마치 산사태가 일어나듯 문 주변의 방책이 무너지기 시작했다.

콰르릉!

방책에서 무너져 내린 통나무들이 비탈을 굴러 내려가 비곡채 남쪽의 강으로 떨어졌다.

이 급작스런 소란이 비곡채 전체를 깨웠다. 곳곳에서 수적들이 방책이 무너진 곳으로 뛰어왔다. 그리고 그중에는 막 서쪽 문을 지키는 수적으로부터 괴인의 방문을 보고받은 비곡채의 채주 이괄도 포함되어 있었다.

"웬 놈이냐?"

방책을 무너뜨렸음에도 감히 그 위세에 밀려 적풍을 공격하지 못하고 있는 수적들이 한 사람의 목소리에 급히 뒤로 물러났다.

수적들 뒤에서 사십 대 중반의 장한이 황소 같은 걸음으로 걸어 나왔다. 그의 주위에 일곱 명의 험상궂은 수적이 서 있었는데, 제법 무공을 수련했는지 안광에 깃든 공력의 기운이 나름대로 삼엄했다.

"웬 놈인데 감히 남의 집에 와서 분탕질을 하는 것이냐?"

비곡채의 채주 이괄이 적풍을 보며 호통쳤다.

"그대가 이괄인가?"

호통을 치는 이괄의 물음에 비하면 적풍의 대응은 그야말로 맥 빠지는 것이었다.

"오냐, 내가 이괄이다."

이괄이 대답했다.

"제대로 찾아왔군."

적풍이 중얼거렸다.

"대체 우리 수채와 무슨 원한이 있길래 이런 난동을 부리는 것이냐?"

이괄이 재차 물었다.

수적질을 하며 쌓은 악업이 한둘이 아니지만 그의 기억 속에 적풍과 같은 인물은 존재하지 않았다.

"그대가 수적질로 쌓은 악업이 오늘 내가 이곳에 온 이유다."

"흐흐, 왜? 협사 노릇으로 명성이나 얻어보려고?"

"명성이야 부질없는 것이지. 그러나 도검을 익혔으니 악을 처단해 세상의 정기를 바로잡는 일은 피할 수 없는 숙명이라 할 것이다."

평소의 적풍답지 않은 소리가 그의 입에서 흘러나왔다.

적풍은 본래 정사의 구분을 크게 두지 않은 성정이었다. 그런 그가 굳이 강호의 정의 운운하는 것은 그가 만들어가려는 천무객이라는 인물이 협사로서 명성을 얻어야 한다는 쿠샨의 조언 때문이었다.

"크크크, 숙명이라… 이제 보니 애송이군. 애송아, 숙명이란 말이다. 오늘 네가 죽을 자리를 찾아왔다는 것이 바로 숙명이다. 다시 말해 넌 오늘 죽을 팔자라는 것이다."

"죽고 사는 것이야 하늘의 뜻. 그러나 나 천무객은 죽는 그 순간까지 정과 협을 가슴에 품고 살기로 결심한 사람이니 두려울 것이 없다."

"햐! 이거 정말 제대로 미친놈일세. 대체 누가 가르쳤길래 그런 재수 없는 소리만 하는 거냐?"

"고귀한 스승님의 이름을 어찌 그대와 같이 사악한 자에게 언급할 수 있겠느냐. 지금이라도 늦지 않았으니 도검을 버리고 양민의 삶을 살겠다면 팔 하나를 자르는 것으로 용서해 주겠다."

"하하하! 이것 참… 이래서 사람은 부모와 선생을 잘 만나야 하는 거야. 귀엽게만 키워서 이런 애송이들이 영웅이랍시고 강호에 나다니다 횡액을 당하는 거란 말이지. 안 그러냐?"

이괄의 주위를 돌아보며 물었다.

"지당하신 말씀입니다."

수적들이 일제히 대답했다.

"이런 경우 연장자로서 어찌해야 하느냐?"

이괄이 다시 물었다. 그러자 그를 호위하는 일곱 수적 중 하나가 대답했다.

"당연히 따끔하게 훈계해서 세상의 무서움을 알게 해주는 것이 연장자의 도리지요."

"낄낄! 맞는 말이다. 나도 오늘 도리에 맞는 일을 해봐야겠다. 애송아! 단단히 각오해라. 볼기에 불이 날 것이니!"

이괄의 말에 수적들 사이에서 웃음이 터져 나왔다. 그들은 어느새 적풍이 단 일검에 그들이 자랑하던 방책을 무너뜨린 고수란 사실을 잊은 듯 보였다.

그런 이괄과 수적들을 향해 적풍이 천천히 걸음을 옮겼다.

그리고 한순간 그의 신형이 허공에 떠올랐다. 동시에 머리 위로 치켜든 청룡검에서 한 줄기 검기가 하늘로 솟구쳤다.

『십자성—전왕의 검』 5권에 계속…

초대형 24시 만화방

신간 100%, 샤워실, 흡연실, 수면실(침대석), 커플석, 세탁기 완비

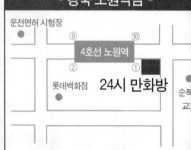
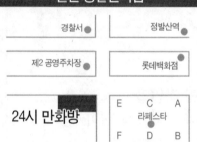

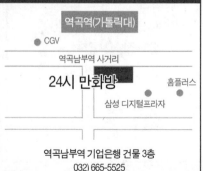
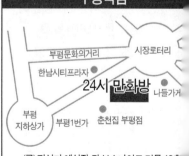

FUSION FANTASTIC STORY

말리브해적 장편소설

MLB
메이저리그

Book Publishing CHUNGEORAM

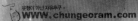

윤병이 아닌 자유추구 -
WWW.chungeoram.com